SCOTTISH BORDERS

FOLK TALES

T0346834

SCOTTISH BORDERS

FOLK TALES

JAMES P. SPENCE

The History Press

Dedicated tae my wonderful son,
Angus

First published 2015

The History Press
The Mill, Brimscombe Port
Stroud, Gloucestershire, GL5 2QG
www.thehistorypress.co.uk

Reprinted 2017

British Library Cataloguing in Publication Data.
A catalogue record for this book is available from the British Library.

ISBN 978 0 7509 6138 7

Typesetting and origination by The History Press
Printed and bound by TJ International Ltd, Padstow, Cornwall

CONTENTS

ACKNOWLEDGEMENTS

Thanks tae Andy Hunter for recommending me tae The History Press an putting useful story sources ma way. Thanks tae Bob Pegg an Ian Stephen for their helpful advice. Thanks tae Stanley Robertson, Iain Stewart o Serenity Scotland, Robert Spence (ma father), Jeanie Spence (ma mother), Angus Rylance (ma son) an Donald Smith for their inspiration an generosity o spirit ower the years. Thanks tae Graeme Stuart for his patience an know-how in technical matters, an thank you tae Forbes Morrison for taking the photograph o me for the back cover.

ABOOT THE AUTHOR

JAMES P. SPENCE was brought up in Jethart, but now lives in the shadow o Arthurs Seat, where hae flies paper-airplanes with his son. Hae was inspired by the stories o his father, an has been telling stories on a professional basis since 2002, visiting care-homes, schools, an festivals. As weel as providing storytelling workshops hae has devised the Liars Tour o the Storytelling Centre, in Edinburgh, which hae still leads when requested. James has had three books o poems published an is working on a new yin. Hae provided the Scots translation for the graphic novel *Unco Case o Dr Jekyll an Mr Hyde*. James recently completed a Scots translation o his favourite novel *Far From the Madding Crowd*, entitled *Ferr Frae the Dirlin Thrang*, which hae hopes will find its way intae print in 2016.

FOREWORD

The Scottish Borders have a continuous tradition of folklore, second to none in the islands of Britain and Ireland. This has been expressed in ballads and songs, stories and novels, poetry, plays and the visual arts. But the greatest legacy is in the landscape itself, and in a distinctive combination of history, myth and imagination that continues to animate people's sense of their own environment in what is still called the 'Debatable Lands'. The borders keep shifting, from folk to fairy to legend to fantasy to poetry to dream, and back with a bump to Mother Earth.

James Spence is himself a Borderer, and a storyteller, translator and poet. He is imbued with the culture and landscape of his home country. He is well read in the sources and traditions, but more important he is part of a living inheritance. James Spence speaks and writes naturally in the Scots Borders rhythms, and he is a sure guide to the 'Debatable Lands', past and present. He handles description, dialogue, humour and the uncanny with equal assurance.

One of the pleasures of my role over thirty years has been to see new generations of storytellers come to the fore in the practice of this oldest of all artforms. James Spence is a storyteller in his prime and in this carefully selected collection he offers a bumper harvest from his native ground. I am delighted to commend this ideal introduction to the narrative lore of the Scottish Borders.

Donald Smith,
Director of the Scottish Storytelling Centre

Introduction

When I was a wee laddie I loved tae go roaming ower the fields, doon Howdenburn, an up through the woods, on the lookoot for likely places tae build gang-huts. Places where me an ma pals could go an play an shelter frae the dreich elements. The locations needed tae be oot o the way places, hidden frae view, so that folk wouldnae come across oor gang-hut, an either wreck it or chase us, or both.

In ma contemplations o aw these hidden places, under fallen tree trunks, under rhododendrons an other bushes, up trees, inside auld sheds, on building sites, in fields o hay, I also considered the hills, o which there are many in the Scottish Borders. So whenever ma family went for a run in the car I would gaze at such hills as we passed by, an dream aboot them. It occurred tae me that there was such a vibrancy in those grassy slopes, that they seemed tae shimmer full o life, that there had tae be a way tae get intae the hills themselves. Whether folk dwelled there permanently or whether they just visited, like us bairns playing, I couldnae say, but I felt sure that there was a way in. It would be great, ye'd be cosy away frae the wind an rain, an ye could spy on anybody passing. I never told anyone aboot this notion, but I guess that when we're bairns we aw have such magical ideas.

Little did I ken then that oor ancestors, if their stories are anything tae go by, also contemplated dwellers in oor dear green hills. So maybe in ma gang-hut exploring I was not only deepening ma relationship with nature, but also tapping intae a sense o the ancient tales o the Borders. So many o the stories here involve hills, an when looking at the stories o the region it's hard tae ignore the Eildon Hills, above Melrose, the location for both Thomas the Rhymer an Canonbie Dick. Not only that, so many o these stories take place within a fifteen-mile radius o these legendary hills. I find this remarkable that such treasures are frae such a small an maistly rural area.

In this collection there are stories o fairies an folk living in the hills, stories o knights, wizards, heroes, heroines, reivers, magic, o epic quests, o love an great characters. There are also quite a few stories aboot witches, an these witches are as varied in character as any folk. Some are up tae nae guid, some are merely mischievous, some are revered like royalty. As we consider such stories, it feels as if there is a conversation running atween these tales, frae their differing perspectives an views. These stories also reveal the beliefs o folk long ago, when they were mair in tune with nature. It was common for folk tae believe that witches could turn intae hares, an that horses had second sight. We might not share such beliefs today, but I hope we can still appreciate the magic an wisdom that these tales hold. These stories span the centuries, frae way back in the mists o time tae local tales o characters frae mair recent times.

I've arranged this book with the earliest appearing first, then doon through the ages till we reach the early 1900s. This shows how the nature o stories has changed as folk's beliefs an challenges have changed. I've also started off with some stories for the bairns, an generally increasing the suitability age range as the book progresses, where the chronology allows. For those o a mair sensitive nature, ye might find the first half o the Doom o Lord de Soulis story too derk; indeed it gave me the creeps writing it. Forby that, yer imagination will provide the pictures frae these stories that are right for ye.

Every guid story has a music, an it's up tae the storyteller tae allow that story tae play through them. The rhythms may alter, at times, as the storyteller reads the needs o the audience in their eyes, as hae is telling. Even nowadays, in oor lives an oor stories it is often oor music, steeped in the natural world as it is, that help tae bring aboot resolution, or at least provides great comfort.

The Scottish Borders is steeped in folk music, none mair so than with the fiddle. Not so long ago there would have been fiddle makers in gey near every village, let alone the number o fiddlers going aboot. Inevitably such music an music makers find their way intae a fair number o these stories. Some o oor great tales o the past have been preserved by the music o the Border Ballads, o which I'm delighted tae include the world-renowned Tam Linn, Thomas the Rhymer, as weel as the Ootlandish Knight.

As a storyteller in modern times ye rarely get a chance tae tell long stories, so it was only when compiling this book I paid them any heed. These ancient tales are o muckle great quests. I've been amazed tae discover how powerful these stories are. Though I dinnae always understand every bit o the symbolism, I find these tales tae go deep intae what it is tae be human. These stories are steeped in meaning for us, we can get something new frae them whenever we go back tae them. I've decided tae include twae versions o The Black Bull o Norraway tae show how stories are constructed, as weel as how stories can evolve in different ways, an in a sense become a different story.

The King o the Birds is thought tae come frae Scotland an Ireland. However, I've told this story so many times that I have developed a few elaborations o ma ain, an therefore feel justified in including it in this collection.

With the exception o a few mair recent stories, the tales in this extensive collection have been shaped by many hundreds o folk telling them ower hundreds o years. As such they belong tae everybody that wishes tae tell them, particularly those with a love o the Scottish Borders. In this collection I've done ma best tae convey the language, humour, magic an lore o the region. Ma exploration o these wonderful stories has only increased ma appreciation for the Scottish Borders. There is a richness an a depth o wisdom in this collection that surprised even me, which leads me tae believe that these stories will appeal tae everybody that appreciates the power o folk tales.

James P. Spence,
2015

Note on the
Illustrations

I used tae draw an paint a lot in ma schooldays, so it's been a fantastic thing for me tae get back intae the drawing. What with the sheer the amount o illustrations I had tae produce, I have become mair skilled than I ever was back then. Drawing angles has become intuitive tae a large extent, rather than have tae line them up with the straight edge o a pencil. With the landscape illustrations, even though I was only working frae photos, when concentrating on the likes o foliage o trees it felt as if I was reaching right oot intae nature itself. I dedicate the illustrations tae ma dearly departed mother, Jeanie (née Aitchison) Spence, who was far better at drawing than me.

The following illustrations were inspired by the fantastic wood engravings o eighteenth-century Northumbrian artist Thomas Bewick: The King an the Miller, The Lochmaben Harper, The Waters o Life, Whuppity Stoorie, The Phantom Hand, The Devil's Tune, The Son o a Ghost, The Tryst, The Twae Blacksmith Apprentices, The Gaberlunzie Man, A Priceless Ring, The Angel Doctor.

LOCATIONS

By Rubieslaw – Ruberslaw, near Hawick.
Deloraine Farm – Yarrow Valley, near Selkirk.
Canonbie Dick – Bowden Moor, in the Eildon Hills.
Thomas the Rhymer – The Eildon Hills, near Melrose.
The Ghost that Danced at Jethart – Jedburgh Abbey.
The Doom o Lord de Soulis – Hermitage Castle, near Newcastleton.
Midside Maggie – The Lammermuir Hills.
The Vigil o Lady Jean Douglas – Neidpath Castle, near Peebles.
The Jethart Fiddler – Kelso Bridge, Kelso.
The Minister's Dog – Horn's Hole Bridge, atween Denholm
an Hawick.

All illustrations are the copyright o James P. Spence.

NOTE ON
THE LANGUAGE

I have written this book mostly in English, but have tried tae keep tae the rhythms an ways o saying things in ma native Border Scots. I have also peppered the text with fine Scots words for atmosphere, authenticity an greater meaning. The vast majority o Scots words are spelt just how they sound. I have included an extensive glossary at the back o the book for when it's needed, but hope ye will have little use for it. I hope that ma Scots usage enriches yer reading experience when exploring these amazing stories.

1

SOME STORIES
FOR THE BAIRNS

AINSEL

Parcie was a young laddie who lived with his mother in a stane cottage somewhere in the Borders. Although they didnae have very much in the way o possessions, at night-time when Parcie an his mother settled doon at the fireplace, there could hardly have been a mair peaceful place in the world.

As they sat up with only the yin candle on the table tae light them, Parcie's mother would tell him aw sorts o magical stories an the wee lad would gaze in wonder intae the fireplace, making aw sorts o braw pictures in his heid oot o the flickering flames tae accompany the stories. But then, aw too soon his mother would stop an let oot a deep breath an say, 'Right then ma lad, it's time ye were away tae yer bed.' But o course the laddie was just wanting tae hear mair magical stories frae his mother. Every night his mother had an awfie struggle getting the laddie away tae his bed. At the hinderend she would just put her foot doon an Parcie would reluctantly trail off in a huff tae his wee box-bed.

But yin particular night, having listened tae aw his mother's braw stories, the laddie wouldnae budge. Maybe Parcie was mair thrawn an awkward than usual this night, or maybe the laddie's mother was mair tired than usual, or maybe it was a combination o both circumstances, but his mother finally said, 'Right then laddie, on yer ain heid be it. If the fairy-wife comes an takes ye away it'll be naebodie else's fault but yer ain.'

'Howts, Mother, what dae I care aboot some auld fairy-wife?' an Parcie stayed right where hae was by the fireplace. His mother sighed noisily again tae show she was fair cross with Parcie, then lifted up the candle an went through tae get ready for her bed.

The maist important thing tae be seen tae before Parcie's mother went tae her bed was tae put a bowl o goat's cream at the back door. Ye see, like at a lot o farms an cottages in those days, a brownie would come doon the lum at night tae sweep the floor, tidy everything up an make the whole hoose spick an span. An aw that the brownie wanted was a bowl o cream each night in return for the work.

The hoose-brownies were quite friendly, helpful critters, though they were awfie quick tae take offence at the slightest thing, imagined or otherwise. Woe betide the guid-wife that didnae mind tae leave oot the bowl o cream for her brownie. She would waken in the morning tae find very near the whole hoose upside doon, bahookie foremost, an at times inside oot as weel, if the brownie could manage it. What's mair the brownie would never lend a hand tae put the hoose right again. In fact that brownie would never set foot in that hoose again.

However, the brownie that came doon Parcie's mother's lum each night always had a bowl o goat's cream waiting for him. An so the brownie would just work away, quiet as a moose, at sweeping an tidying up the hoose every night, whilst Parcie an his mother were fast asleep in their beds. The brownie, however, had an ill-tempered auld mother, who seemed tae breathe vinegar for air, for nothing seemed tae please her, an she would fly off the handle at the slightest thing. This was the very fairy-wife that Parcie's mother had spoken o before she'd went away tae her bed.

Now, at first Parcie was fair delighted, fair toorled tae have gotten his ain way, as hae sat watching the glinting o the embers in the grate. Hae'd never been up at this time before, an hae was up on his ain intae the bargain, an hae was still up whilst his mother was sound asleep in her bed. This was a great adventure. Hae felt like the captain o a ship sailing through the vast sea o the night, as hae kept watch an seeing tae it that they were steering the right course. An as hae gazed intae the fireplace hae wondered if the glowing embers would twinkle mysterious new stories, that had been somehow sucked oot o the vast derk night itself an doon the lum tae be glinted intae his willing heid. But after a while the glow in the fireplace began tae fade, allowing the derk tae creep intae the room. Then hae gave a bit o a chitter as hae felt a sudden chill aboot his shoulders. Hae'd just started tae think how guid it would be tae be tucked up tight in his nice warm bed, when hae heard a lot o scratching an scraping coming frae up the lum. Next thing that happened was oot jumped the brownie intae the room. It was hard tae tell who's eyes were the biggest, Parcie's or the brownie's, because neither had expected the other tae be there, an so the both o them got an awfie gliff. The brownie was dumfoondered tae see Parcie still up, instead o being fast asleep in his bed, an Parcie was dumfoondered tae see the brownie, an actual brownie, a skinny wee critter wi pointed lugs. For what seemed like a minute or twae Parcie an the brownie just gawped at each other with their mooths wide open.

Then Parcie managed tae find some words an cleek them on tae his tongue, 'What's yer name?' hae asked the brownie.

'Ainsel,' said the brownie with a cheeky grin an a glint in his eye, 'Ma name's Ainsel. What's yours?'

Parcie smiled back, understanding that the brownie was just joking as 'ainsel' meant own self, an decided that hae would be smarter still. 'Ma Ainsel,' hae said tae the brownie.

Then Parcie an the brownie started playing by the fireplace where there was still a wee bit o light an heat. Ainsel was a quick an lively critter, hae would sclim up on tae the sideboard then lowp doon, an neat as anything turn somersaults, heelstergowdie, aw ower the room. What fun the twae o them had, what laughs they had. After a while Parcie decided tae gie the embers a bit poke tae get a wee bit mair heat intae the room. Hae took the poker tae the grate an poked aroond a bit. However, in doing so a hot coal lowped oot the fire an landed on the brownie's toe. What yowls an squeaks an squeals came oot o that wee brownie critter. Next thing

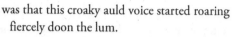

was that this croaky auld voice started roaring fiercely doon the lum.

'Who has hurt ye, who has hurt ye? Tell me who has hurt ye, an I'll come doon an gie them what-for masel.' It was the auld fairy-wife herself.

When hae heard this Parcie got himself up, crept away an slipped straight atween the covers o his box-bed. Hae pulled the blanket ower his heid an shoogled wi fright.

'It was Ma Ainsel!' yowled the brownie.

'Weel, if that's the case what's aw the stramash aboot? What dae ye think ye're doing disturbin me ower nothin but somethin o yer ain doing? Ye've nobody tae blame but yer Ainsel!'

Just then a long scrawny hand wi long knobbly fingernails came snaking oot frae the top o the fireplace, an in a flash, cleeked a hold o the brownie an wheeched him back up the lum.

The next morning Parcie's mother couldnae understand why the bowl o goat's milk hadnae been touched. What's mair the brownie never ever came back tae her hoose, an she couldnae understand that either. But the biggest thing she couldnae understand was the change that came ower Parcie, for there after at night-time, when she had finished telling the stories she had tae tell tae her laddie, an having sighed an said, 'Is it nae aboot time ye were away tae yer bed?' the laddie would get up withoot any mumble or grumble an get himself away tae his bed. Maybe, she thought, the laddie's just getting aulder an seeing sense, that tomorrow's another day. But that wasnae it at aw. Parcie wasnae going tae sit up by the fire on his ain at night, because the next time thon scunnersome hand with its fingernail claws comes doon the lum hae didnae want his ainsel snatched away.

The King o the Birds

A long long time ago, aw the birds o the world gathered together in the yin place tae decide who was going tae be the king o the birds. The process that they went through caused a great deal o commotion atween the different factions o the birds. It went something like this.

A particular bird would step forward an announce tae the entire kingdom o birds, 'I should be the king of the birds.'

'And why should you be the king of the birds?' asked any number o bird voices.

'Because I'm the biggest bird.'

An there was a muckle stramash atween twae birds ower who was the biggest bird. Whether it was atween an ostrich an a cassowary nobody could rightly say, for there was such a flurry o feathers. At the same time there was a biggish broon bird at the back watching untroubled.

'But I am the biggest bird,' continued the first bird.

'Well,' said the challenging bird, 'How come my shadow's bigger than yours.'

But everyone shook their heids at this remark, an started laughing at the silliness o the second bird.

Then another bird stepped forward tae address the crowds o birds. 'I should be the king of the birds.'

'And why should you be the king of the birds?'

'Because I've got the longest feathers.'

'No you havenae, I've ...' an there was a muckle stramash aboot that, whilst the biggish broon bird at the back watched on untroubled. Whether the stramash was atween a peacock an a secretary bird nobody could rightly say for there was such a flurry o feathers.

Then another candidate bird put his case. 'I should be the king of the birds.'

'And why should you be the king of the birds?' responded a gaggle o voices.

'Because I've got the longest wingspan.'

This time there was a right flap atween the South American condor an an albatross, whilst the broon bird at the back was non-plussed an didnae turn a feather.

Then another bold bird stepped forward. 'I should be the king of the birds.'

'And why should you be the king of the birds?' crowed a throng o birds.

'Because I've got the biggest beak.'

This time the stramash broke oot atween a toucan an a pelican, it got so bad that it almost came tae pecks.

After a while o aw o this, an after a while mair, the biggish broon bird finally stepped forward.

'I should be the king of the birds, because I'm the golden eagle and I can fly the highest. And what's more I'll prove it.' An with that hae lowped intae the air an was soon up in the sky, sclimming higher an higher.

Aw the birds were gazing up an they watched the golden eagle shrinking smaller an smaller as it flew higher an higher until it was less than a dot. The birds could still see him though because they have terrific eyesight an can see less than a dot.

The golden eagle had flown higher than hae had ever flown before, but was determined tae fly as high as hae possibly could tae emphasise his claim tae the bird throne. Now way up there twae things started tae happen, the higher hae got, hae started tae tire, an the air grew thinner, as it does the higher ye go. None the less the eagle used every last ounce o his strength tae strain as high as hae could go. Just as hae had gotten as high as hae possibly could get, the golden eagle felt a ruffling on the back o his neck that crept on tae his heid. Then frae this ruffle piped up this little voice.

'Ha, ha golden eagle, I'm higher than you, so I'm the king of the birds.'

The golden eagle recognised the voice as the cheeky wee wren. What the eagle said tae the wren is not kent for sure, but that the eagle was angry, massively angry, there can be nae doot. An some say that the eagle was so angry that hae turned the sky blue with his language. An that is how the sky got its colour. After the eagle had given the wren an earful, hae shook an shook in mid-flight until hae managed tae shoogle that rascally wren frae its feathery grasp. An so the wren tumbled doon an doon an doon an doon, till the wren landed on its bahookie on the solid ground. Ever since that day the wren has had a tuft at its rear end just beneath its tail feathers.

Wrens have since become common in maist countries in the world. It is such a happy bird the way it bounces aroond in flight. But if ye see a wren ye must salute, or bow, or curtsey, because the wren is the king o the birds.

The King an the Miller

A long time ago there was this fella that had a mill, just as his father had before him, on the side o the Tweed, near Berwick, when that seaside port was still in Scotland. Yin day hae was oot at the side o the river, just admiring his mill, the way the waterwheel was being slowly turned by the current o the river. As hae appreciated this happy state o affairs hae began stroking his long white beard as was his habit.

Just then the king came along on horseback an rode up tae the miller. Right away the miller feared that hae'd done something wrong tae offend the king. The king sclimmed doon off his horse an said, 'Guid-day tae ye, miller.'

'Guid-day tae ye yer majesty.'

'How's business, how's the mill doing?'

'It's doing alright, things are ticking ower,' said the miller warily, as hae felt there might be something behind the question.

'Of course I'm in a position tae make yer mill do far better than just alright.'

The miller said nothing an nodded his heid slowly instead.

'I'll come tae the matter o why I've come tae see ye then,' started the king. 'I've been thinking aboot yer bonnie daughter Rosie, an wondering if she was promised tae anyone perchance.'

'As a matter o fact she is. She's due tae marry William in the summer.'

'Oh now, that is a pity, because I'd fair set ma heart on her, I wanted tae make her ma wife an queen.'

Now, as the miller didnae want tae upset the king, hae felt again that it was wise tae say nothing.

'Aye, it's a great pity, a great pity indeed.' The king appeared tae ponder the situation for a bit, but then announced brightly, 'I'll tell ye what, miller, why don't we have a wager. Aye, that's what we'll do. I'll ask ye three questions, an if ye get them right then Rosie will be free tae marry her sweetheart William. But if ye get any o them wrong then I will marry Rosie masel. How aboot that, miller?'

'The thing is yer majesty, I missed oot on a lot o ma learning at school, because I was always helping ma father with the mill, so I havenae much knowledge for answering a lot o questions.'

'Ach, dinnae worry, miller. They're nae thae sort o questions, an there are only three o them.'

The miller kent fine that it wasnae his place tae argue with the king.

'Right then, miller, here is ma first question. Are ye ready?'

'As ready as I'll ever be,' said the miller, doon-spiritedly.

'Weel, here goes. Now then, how many stars are there in the sky?'

'Oh jeez,' an the miller fell tae the ground in shock at how difficult this question was. 'How in the dickens am I supposed tae answer a question like that?'

'Dinnae worry, miller, it's easier than ye think. An I'll gie ye a month an a day tae think aboot it. Now here is ma second question: How heavy is the moon?'

'Oh jeez,' an the miller got such a fright at how impossible this question was that when hae fell doon again, this time hae almost landed under the king's horse's hooves. 'How am I supposed tae answer a question like that?'

'Oh, dinnae worry, miller, it's easier than ye think. An I'll gie ye a month an a day tae think aboot it. Now are ye ready for ma third question? I suppose ye're as ready as ye'll ever be. Now, what is it that I'm thinking?'

'Oh jeez,' an when the miller's legs went frae under him a third time, hae almost fell intae the waterwheel itself. 'How on earth am I supposed tae answer a question like that?'

'Dinnae worry, miller. These three questions are a lot easier than ye think. An after aw, ye have a month an a day tae think aboot it. I'll come for yer answers then, an we shall see what we shall see.'

An withoot further ado, the king sclimmed back on tae his horse an rode off, as if hae didnae have a care in the world.

For the miller though, it was as if hae had the weight o the world on his shoulders. How could hae ever answer the king's three impossible questions? Rosie noticed the change in her father an brought the subject up during breakfast the very next morning, 'Father, ye're awfie quiet, what's bothering ye?'

'Nothing's bothering me at aw, not in the slightest. It's just I didnae sleep very weel last night,' answered her father. Rosie still had her doots, but left it at that for now. Rosie continued tae be concerned for her father ower the next day or so, but whenever she asked aboot it her father would come up with some excuse or other, an wasnae very forthcoming.

When next Rosie met up with her sweetheart, William, she said tae him, 'William, I'm awfie bothered aboot ma father. Hae seems tae be fair trauchled aboot something, but hae'll no let on aboot what it is.' William did his best tae console Rosie.

'Dinnae fash yersel Rosie, we'll get tae the bottom o this, dinnae ye worry.'

Weel, as what happens when ye're not looking forward tae something, the time goes quick, an very soon the month an a day were up. The king was due at the miller's door, an so hae sat in his chair waiting whilst hae toyed with his long white beard.

There was a brisk rap at the door. The miller got up an opened the door. There sat the king astride his mighty steed, 'Weel then, miller, a month an a day are up, have ye got the answers tae ma questions?'

'Aye, I have that.'

'Weel, withoot further ado, here is ma first question: How many stars are there in the sky?'

The miller tugged on his beard as if in contemplation, 'There are,' hae started, 'thirty-seven trillion, four hunder an sixty-twae billion, seven million, four hunder an yin. An if ye dinnae believe me, ye can count them yersel.'

'Ho, ho,' said the king. 'Ye've got me beat there, I'll just have tae accept yer answer. Now, here is ma second question: How heavy is the moon?'

Again the miller played with his beard as if hae was busy thinking. 'Weel, each yin o ma sacks o flour weighs half a hunder-weight; there are four quarters tae the moon, so the moon must weigh yin hunder-weight. An if ye dinnae believe me, ye'll have tae weigh it yersel.'

'Ho, ho,' said the king. 'Ye've got me there, I'll just have tae accept yer answer. Now, here is ma third an final question: What is it that I'm thinking?'

The miller gave his beard a gentle tug, then motioned for the king tae come closer. The king, still astride his horse, leaned forward an doon, until his face was quite near tae the miller's.

'Ye're thinking,' started the miller, 'that ye're speaking tae the miller.' The king started nodding as the miller continued, 'But ye are in fact speaking tae the miller's son-in-law, because I married Rosie last week,' an with that William whipped the false beard frae his face.

The king raised himself up again an started laughing, 'Ho, ho, ho, ho, very guid, very guid. Weel ye have me beat hands doon. William, ye're a very clever fella, an a worthy man for such a bonnie lassie as Rosie. I'll just need tae find ma queen elsewhere.' An with that the king aboot turned his horse, skelped its flank an was away.

As soon as the king was oot o sight, the miller an Rosie came oot o their hiding places an the three o them danced with joy.

THE LOCHMABEN HARPER

A long time ago there was this silly blind harper, an hae decided that hae would away tae Carlisle an steal the Lord Warden's wanton broon horse. But before hae set off frae Lochmaben hae said tae his wife, 'For this tae work I need tae have a mare that has a foal.'

His wife twigged right away an her eyes lit up, 'Ye've a guid grey mare that can jump both high an low an run like the living wind; so away ye go on her back an leave the foal wi me.'

So as his wife made sure that the foal was securely snecked in their stable tae keep it frae going after its mother, away the harper went tae Carlisle as quick as hae could. It so happened that as soon as hae entered Carlisle hae was met by the Lord Warden himself. As the harper had brought his harp, the Lord Warden invited him tae come intae the castle an play for the invited company that were gathered in the great hall. However, willing though the harper was, hae insisted that his grey mare would have tae be stabled first. The Lord Warden said tae the stable groom, 'Away an take the silly blind harper's mare, an tie her next tae ma wanton broon.'

So the harper harped an sang tae the invited guests, an the music was that sweet that the groom forgot aw aboot snecking the stable door an before very long aw the nobles an aw o the company were fast asleep. The silly blind harper then took off his shoes an slipped softly doon the stairs an made his way across tae the stable. Hae counted thirty-three steeds in there. Then hae brought oot a colt's halter frae aboot his person, an slipped it ower the wanton broon's heid. Hae tied the halter tae his grey mare's tail, then proceeded tae lead his grey mare, which in turn led the wanton broon behind her, ower tae the castle gate. An there, still tethered together, the harper turned the horses loose. O course the grey mare shot off like the living wind, towing the Lord Warden's wanton broon behind. Away ower moors an meadows an doon dales the twae horses galloped, with the grey mare giving the wanton broon not a moment's rest till it returned hame tae its foal. That swift o hoof was the mare that she was ower the border an back in Lochmaben three hours before daylight.

When she got tae the harper's door the neighing o the mare wakened his wife. 'By gum, oor mare has a fair braw broon foal. Hold yer wheesht ye donnert auld wumman, the light is dazzling ma eyes, that's bigger than oor foal has any right tae be.' Then it dawned on her what she was seeing. 'Mex-tae-mey, hae's done exactly what hae said hae would. Weel I never.'

Meanwhile, in Carlisle Castle the silly blind harper kept on playing his harp tae the sleeping men. An hae played an played his sweet music right until dawn. Only then as the day was stirring did the stable groom discover that the Lord Warden's wanton broon was missing. Moreover the silly blind harper's grey mare was missing also.

On hearing this terrible news the silly blind harper started wailing, 'Aaaawww naaawww! I've lost in Scotland ma guid broon colt foal, an now in England they've pinched ma braw grey mare as weel.'

'Stop yer commotion ye silly auld harper an keep on harping tae sweeten oor sorry spirits, an we'll pay ye weel for the loss o yer colt foal an ye'll have a far better mare than the yin ye lost.'

So the harper played an sang that sweet that hae was payed for the foal that hae never lost an three times ower for the grey mare intae the bargain. Such is the power o fine harp music.

2

THE BLACK BULL
O NORRAWAY

A very long time back there were three bonnie sisters, Janet, Chrissie an Maria. Yin day Janet, the eldest yin, said tae her twae sisters, 'I'm away up tae see the spae-wife tae get ma fortune read.' So Janet goes up tae see the spae-wife. The spae-wife tells her, 'Yer face is yer fortune, an by the time the twelve bells sound tonight there will be a golden coach at yer door for ye. It will be pulled by four white horses, an a very guid-deeking man will be driving it. Go with him an ye will have every happiness in yer life.'

So Janet hurried away back hame, fair excited, an sure enough, just before midnight the golden coach arrived for her an aw was just as foretold.

The very next day the middle sister, Chrissie, decided that she would away up tae the spae-wife tae have her fortune told as weel. 'Yer face is yer fortune, an by the time the twelve bells have finished chiming a silver coach will be at yer door. It will be pulled by six dapple-grey horses, an driven by a very guid-deeking man. Go with him an aw will go weel in yer life.'

Chrissie came rushing back hame, but in her mind she just felt she was floating on happiness an excitement. Sure enough, just afore the bells at midnight the silver coach arrived for her an aw was just as foretold.

The next day Maria, now on her leaf-lane, decided that she would go an see the spae-wife. 'Tonight before the chiming o

the twelve bells the black bull o Norraway will come for ye. But
dinnae be feart o it. Go with the black bull o Norraway an ye will
eventually find great happiness.'

As sure as violins are fiddles the black bull o Norraway came
tae the hoose just before midnight. It was bellowing an snorting
like a clarion caw. The excitement that Maria had felt earlier was
now being drooned oot by fear as she listened tae aw the commo-
tion ootside. 'Get yersel doon here Maria, we need tae be on oor
way,' the bull announced in a deep authoritative voice. Maria did
as she was bid. The black bull instructed her tae sclim up intae the
saddle on his back. Having done so, hae told her, 'Hang on for
grim death, as we have a long journey tae make, an I want tae get
tae the first castle before dawn.'

The black bull o Norraway could shift like a hare, or something
that was very quick, that quick that it left the sound o its gallop-
ing hooves far back in its wake, as if they were being constantly
followed by rumbling thunder. In the middle o their journey
the black bull stopped an told Maria that there were some nice
things tae eat if she cared tae look in his right lug, an that if she
was feeling thirsty there was a flagon o wine for her in his left lug.

Yince she had refreshed herself with the food an drink they set off again at a great lick.

By an by they came tae a castle. 'Away in an see ma brother an his wife. They will look after ye weel enough. I must away an sneck masel in the field for the night,' said the bull.

So Maria went intae the castle an was warmly greeted by the prince an the princess. She was led intae the scullery where she was given some weel-prepared food an drink. Whilst she was there a tooslie-haired young man came in an said 'Guid evening'. Then hae said hae was away tae his bed.

'Oh,' said the prince, 'that's oor brother, Jack. Hae doesnae say very much.'

Then the princess fetched a wee gift for Maria. At first glance it didnae look like very much, but when Maria looked closely at the walnut, she could see a wee wife inside it singing an carding wool. She was fair delighted with it. The princess said tae her, 'Now, keep it safe aboot ye, an it'll save yer life when it comes tae it. Ye'll ken when ye need tae gie it away.'

Just before midnight the bull started snorting an bellowing ootside. 'It's time we were away Maria. We've still got a long journey aheid o us.'

Maria rushed oot o the castle an quickly sclimmed up intae the black bull's saddle an they were away like the clappers. After a while intae the journey the bull stopped, as previously, so that Maria could take some food oot o its right lug for herself, an some wine tae drink oot o its left lug.

They arrived at the next castle just before dawn. As before the black bull took itself off tae the field, an Maria was greeted by the bull's other brother an his wife. She was invited in tae have something tae eat frae the scullery. Whilst she was tucking in a dopey-looking Jack came in an said that hae was away tae his bed. The next day Jack was aroond, but hae said nothing. That night Maria was given a wee gift by the princess. It was another walnut. This time the wee wifie that was inside it was singing an spinning. 'Now, keep this safe, an it will save yer life when it comes tae it. Ye'll ken when ye need tae gie it away,' said the princess. Yince mair Maria was fair toorled with the marvellous gift.

Just before midnight the bull started snorting an bellowing ootside. 'It's time we were away Maria. We've still got a long journey aheid o us.'

The black bull o Norraway, with Maria on its back, set off like the living wind. Half way through the journey the bull stopped so that Maria could take refreshment frae its twae lugs.

At the third castle Maria was yince again greeted by another o the bull's brothers an his wife, an yince mair that prince an princess took her in tae eat in their scullery, the black bull having taken tae the field. Jack appeared, an again announced that hae was away tae his bed. The next day Jack said nothing, as if hae was in a dream, an that night Maria was given another wee gift by the princess. 'Now, keep it safe aboot ye, for it will save yer life when it comes tae it. Ye'll ken when ye need tae gie it away.' It was another walnut, but this time the wee wifie that was singing inside it was weaving. She treasured this walnut also.

Just before midnight the bull started snorting an bellowing ootside. 'It's time we were away Maria. We've still got a journey aheid o us.'

So off they went again, the black bull o Norraway an Maria on its back, like the living wind. When the black bull stopped this time though, for Maria tae take a bit o refreshment frae his twae lugs, it was on a muckle great plain. An the black bull said tae her, 'I have tae away an fight the Devil himself. I want ye tae stand on that muckle big stane there an wait for me. Whatever ye dae dinnae jump off that stane. I will come back an fetch ye. However, if the air turns red, ye will ken that I have lost the battle wi the Devil, so just take yerself away hame. But if the air turns blue ye will ken that I have won an will be back tae claim ye as ma bride, but mind an dinnae lowp off that stane.' Then the black bull charged away across the plain tae dae battle with the Devil.

It was ower far away for Maria tae see what was happening, but as the battle progressed the scunnersome roars, yowls an clatters got louder. It was as if her heart was dunted by every

sound frae the battle, an she kept on squinting intae the inde-
terminate sky tae get it turn blue. So much so that when the
sky did turn blue at first she wasnae sure whether it was just her
ain wishful thinking. However, a wee while after she saw the
black bull coming towards her. As hae did so an extraordinary
thing happened, she watched the bull change intae Prince Jack.
As hae got closer Maria got that excited that she slipped off the
stane. This seemed tae confuse Jack, an when hae got up close
hae didnae look in her direction, as if she was nae longer there,
an seemed bewildered as tae what tae dae. Hae stood there in
his Holland shirt that had seven bloody wounds cut in it. Prince
Jack took the bloodied shirt off an let it faw on the ground, then
wandered off in the direction hae had come. Hae had forgotten
aw aboot Maria being his promised bride, an the black bull o
Norraway, because she had stepped off the stane before hae had
come tae fetch her. Maria was devastated an was now trapped
atween twae worlds.

By an by she found herself following along a road. It led her
tae the foot o a mountain that had natural steps leading up tae
the summit. She sclimmed up tae the top. The other side was
made o a glassy icy substance. She decided that she would slide
doon it on her bahookie, which she did, an she landed by the
side o a loch. Nearby there was a cobbler's shop. When she went
inside the auld cobbler asked her, 'What are ye doing here?' So
she told him what had happened. Hae then explained tae her
that she was trapped atween twae worlds. She would be trapped
there for seven long years, an there was nothing that she could
dae aboot it till the time had elapsed. Hae proposed that she look
after his hoose tae pay for her keep in the meantime. The auld
cobbler seemed a kindly an weel-meaning fella so she immedi-
ately agreed tae take the job.

Every morning she would take Jack's bloodied an torn shirt
doon tae the side o the loch tae wash it, but nae matter how
much she steeped it an wrung it oot the bloodstains would never
come oot o it. Yet every day she went tae the loch side tae wash
his shirt.

Time passed as time will, an when the seven years were just aboot up, the auld man said tae Maria that it was time she was away back hame. 'Take that white serk tae the muckle white stanes at the side o the loch. Only there will ye able tae wash the blood-stains oot o it.' Maria did as the cobbler suggested, an when she washed the shirt at the white stanes aw the blood came oot o Jack's Holland shirt. After the shirt had dried Maria mended the seven slashes in it with the finest an maist loving o stitches, till it was fit for the grandest o princes.

When it was time for Maria tae leave the auld cobbler gave her a pair o shoes that had special grips on the soles tae cope with the slippery glass slope o the mountain. So it was that she was able tae sclim up the glassy slope tae the peak before stepping doon the other side. When she stepped away frae the mountain she stepped back intae her ain world at a place that was only a wee walk frae hame.

Her mother an father were delighted tae see her, as she was delighted tae see them. She was less enamoured tae say the least with the big news that Prince Jack was due tae get married in three days' time. So nae sooner than she was back in the bosom o her family than Maria was away again, with the prince's white shirt neatly packed in her bag. She made immediately for the prince's castle in the hope that she could secure a job as a cook or a pastry chef for the wedding feast. She was hired as a cook.

It so happened that the place she was given tae sleep was right below Prince Jack's window. Before taking tae her bed she sang a song. 'Seven long years I worked for ye, a bloody serk I washed for ye, an a glassy hill I sclimmed for ye, for I am yer chosen bride!'

Jack cawed tae her tae come tae his chamber tae tell him aboot the strange song she had just sung. On going up tae his chambers Maria came across Jack's bride-tae-be. 'If ye promise tae put off yer wedding tae Prince Jack by yin day I'll gie ye the maist mar-vellous gift.' She brought oot the walnut an held it in her open hand. Inside the walnut was a wee wifie singing an carding wool. The lassie was that fair taken with the walnut that she immediately agreed tae postpone the wedding by yin day.

The following night, just before going tae her bed, Maria sang her song again beneath Prince Jack's window. Yince again Jack cawed her up tae his chambers tae explain her eerie song tae him. On her way there she met with his bride-tae-be again. 'If ye promise tae put off yer wedding for another day I'll gie ye another marvellous present.' In her open hand Maria held oot the second walnut, that had a wee wifie spinning an singing inside it. The lassie was again fair taken with the gift an she agreed at yince tae put off her wedding for another day.

On the third night before going tae her bed, Maria sang her song yince mair. Prince Jack again cawed doon tae her tae come an explain her queer song tae him. On entering his chambers Maria met with his bride-tae-be yet again. 'I have a third present for ye, if ye'll only agree tae put off yer wedding for yin mair day.' Again she held oot her open hand, an there sat the third walnut. Inside a wee wifie was weaving an singing. Yince again the lassie readily agreed tae put off her wedding.

Also in Jack's chambers were aw o his brothers. Yin o them came up an started tae speak tae Maria, having recognised her.

'How dae ye ken this lassie?' Jack asked o his brother.

But the brother didnae get a chance tae say anything before Maria brought oot Jack's shirt an handed it tae him. 'Put this serk on for yer wedding day.'

Withoot further ado Jack put the white Holland shirt on. It fitted him perfectly. Having done so his memory came back tae him clear as a bell. There in front o him stood Maria his true bride-tae-be. Their eyes met in that soft but clear knowing, an hae kent it was destined tae be.

As the lassie Jack was aboot tae marry had shown a habit o postponing their wedding three times already, hae felt she might be open tae a mair permanent arrangement in that direction. So hae offered the lassie a sum o money that would see tae a lifetime o comfort for her, tae which she was readily agreeable.

After that the wedding atween Prince Jack an Maria was arranged, an the twae o them went on tae live a long an happy life together, blessed as they were by a fair lot o bairns.

THE BLACK BULL O NORRAWAY:
AN ALTERNATIVE VERSION

There was yince a woman who had three daughters. When the auldest daughter was o an age she said tae her mother, 'Mother, would ye bake me a bannock an roast me a collop, because I want tae away intae the world tae see who I'm tae marry.' Her mother did as she was bid, an away went the eldest lassie tae see the spae-wife that lived on the hill.

'So ma lass ye want tae see who ye are going tae marry? Right then away tae the back door, an just wait there till ye see something,' instructed the spae-wife.

Weel, being on top o a hill there was very often a thickness way up there on account o low clouds. So when the lassie looked oot on the first day she seen nothing. When she looked oot on the second day she seen nothing. An it wasnae until the third day she seen something. She seen a coach an four horses. 'That ma lass is what ye were supposed tae see, so away in that coach an meet yer man.' The lassie was fair toorled, because the man that she was tae marry was obviously a weel-off fella with guid taste, if the coach was anything tae go by. So off she went with a skip in her step.

Now that the eldest sister was away it gave the middle sister notions along the same line, so she told her mother, 'Mother, would ye bake me a bannock an roast me a collop, because I want tae away intae the world tae see who I'm tae marry.' Her mother again did as she was bid, an away went the middle lassie tae see the spae-wife that lived on the hill.

'So ma lass ye want tae see who ye are going tae marry? Right then away tae the back door, an just wait there till ye see something,' instructed the spae-wife.

When the lassie looked oot on the first day she seen nothing. When she looked oot on the second day she seen nothing. An it wasnae until the third day she seen something. She seen a coach an four horses. 'That ma lass is what ye were supposed tae see, so away in that coach an meet yer man.' The lassie was fair toorled, because the man that she was tae marry was obviously a weel-off fella with guid taste, if the coach was anything tae go by. So off she went with a skip in her step.

Now that her twae aulder sisters were away it didnae take long for the youngest lassie tae get the same notion as them. So she went tae speak tae her mother. 'Mother, would ye bake me a bannock an roast me a collop, because I want tae away intae the world tae see who I'm tae marry?' Her mother yince mair did as she was bid, an away went the youngest lassie tae see the spae-wife that lived on the hill.

'So ma lass ye want tae see who ye are going tae marry? Right then away tae the back door, an just wait there till ye see something,' instructed the spae-wife.

When the lassie looked oot on the first day she seen nothing. When she looked oot on the second day she seen nothing. An it wasnae until the third day she seen something. She seen a muckle great black bull, mair fearsome than she'd ever seen in her life. It was bellowing an snorting away as if it had swallowed a thunderstorm as it roared along the road an up the hill. 'I see nothing but a terrible bull roaring up the hill,' the lassie said tae the spae-wife.

'Weel,' said the spae-wife, 'that bull's here for ye.'

Although the lassie was terrified oot o her wits by thon muckle ferocious bull she feared that something worse than what the bull could do would befall her if she didnae go with it. The lassie's body was a dose o shoogles as she felt herself being lifted on tae the bull's back. Nae sooner was she up on that broad back than the bull took off like a sudden gust o wind.

They charged frae landscape tae landscape like those muckle expanses were but fleeting pictures. After what seemed like a long time o this the lassie said that she was very hungry. Withoot stopping the bull told her tae help herself tae the food that was in his right lug, an if she was thirsty tae help herself tae the wine that was in his left lug. So the lassie did just that, an the guid food settled her fettle as weel as her stomach.

By an by they came tae a castle. They were met by servants frae the castle an the lassie was lifted doon frae the bull an taken intae the castle, which belonged tae the bull's brother, whilst the bull was led intae a field for the night. The next morning the bull was brought tae the castle an the lassie was taken intae a fine room an given an apple. 'Only open this apple if ye're in serious trouble,' she was told. Then it was time for the next part o the journey.

Again the lassie was lifted on tae the bull's back, an it took off like the crack o a whip. They were going that fast that the fields were never mair than a blur, an only the likes o hills on the horizons stayed aroond long enough for her tae make oot. The bull told her that the journey they were undertaking was even longer than the previous day, so there was nae time tae lose. By an by they came tae another castle. The bull said tae the lassie, 'Ma second brother bides here, so we'll stay the night here.' Again the lassie was lifted doon by the servants an taken intae the castle, whilst the bull was led away tae a field for the night.

In the morning the lassie was brought intae a fine room an was given a pear. 'Only open this pear if ye're in serious trouble,' she was told. Then it was time for the next part o the journey. The bull was standing ootside waiting for her.

Nae sooner was she lifted on tae the bull's back than it was off again that fast that it made a nonsense o the solid ground beneath its feet. Aw day the bull galloped wi the lassie on its back, till eventually it came tae another castle. The bull said tae the lassie, 'We'll stop here the night, because this is where ma youngest brother bides.' Again the lassie was lifted doon by the servants an taken intae the castle, whilst the bull was led away tae a field for the night.

In the morning the lassie was brought intae a fine room an given a plum. 'Only open this plum if ye're in serious trouble,' she was told. Then it was time for the next part o the journey. The bull was standing ootside waiting for her.

Yince the lassie was lifted on tae the bull's back it took off faster than a spark frae a spitting fire. They travelled for a long long time until they came tae a derk an dreich glen. Here the bull stopped. As the lassie sclimmed doon off the bull she noticed a pin in its side. As soon as she pulled the pin oot o the bull's side it turned intae the maist handsome prince. The lassie was fair toorled tae say the least. She would be keen tae marry this fella. The prince was fair toorled tae. 'I was cast intae the shape o a bull by a cruel spell, but alas for now I cannie bide in ma ain form o a prince. I must away an dae battle wi the Devil. Ye must bide here on this rock. If everything turns blue ye will ken I have won, but if everything turns red ye will ken that the Devil has won an that ye'll never see me again. If I win I will come back for ye, but nae matter what ye must not move yer arms or feet before I do. Now ye must put that pin back in ma side.' The lassie did as she was bid an the handsome prince turned back intae the black bull o Norraway. Then hae galloped off tae do battle with the Devil. The lassie sat perfectly still on the stane, but because she could see nothing o the fight her insides lowped at every clash, bellow an roar. By an by the battle cries died doon an everything turned blue. The lassie was that excited that she forgot she wasnae allowed tae move an she put yin foot ower the other. When the bull galloped back towards her, therefore, hae couldnae find her as she had become invisible tae his eyes.

The lassie sat there greeting for a long time, but eventually she got up an walked away. She walked until she reached a glass mountain an searched along the bottom o it, hoping tae find a path that would lead her up it. By an by she came tae a smiddy. When she went inside the blacksmith told her that hae would make her a pair o iron boots that would take her ower the mountain if she kept hoose for him for seven years. This she did an when the seven years were up she was given the iron boots. She then made off up the glass mountain. When she sclimmed doon the other side she came across an auld washerwoman's hoose at the side o a loch. The auld woman said that she'd been given some white shirts by a knight tae wash, but try as they might neither she nor her daughter could wash the bloodstains oot o them. The lassie took the shirts doon tae the side o the loch an the bloodstains came oot on the first rinse.

Soon after it was announced that the washerwoman's daughter was tae marry the knight whose bloodied shirts she'd washed, that the daughter was taking the credit for washing the shirts. It came oot that the knight had promised tae marry the woman that was able tae wash the blood frae his shirts. The youngest sister didnae turn a hair at this until the knight showed up for the wedding. Straight away she recognised him tae be her prince. Hae, in turn, had nae spark o recognition for her in his eyes. Such an absence in him gliffed her something terrible, as if they were living in twae different worlds, where she could see intae his, but hae couldnae see intae hers.

She took herself off by herself an brought oot her apple, 'Ma life is in the balance, it is time tae open the apple.' When the lassie opened the apple a whole lot o jewels spilled oot o it. She took aw those jewels tae the washerwoman's daughter, an said tae her, 'If ye put off yer wedding for yin day then aw these jewels are yours.' The bride-tae-be was that toorled wi the jewels that she immediately agreed tae put off her wedding for a day.

Before the prince went tae bed that night the auld woman gave him a draft tae help him sleep. Some time later the lassie came intae his chamber an sang tae him, but because o the draft hae never stirred or heard a thing.

> Seven long year I serred ye,
> The glassy hill I sclimmed for ye,
> The blood-slairgit serks I washed for ye,
> Will ye nae waken an turn tae me?

In the morning the lassie looked tae her pear an when she broke it open even mair splendid jewels than before spilled oot o it. She took aw those jewels tae the washerwoman's daughter, an said tae her, 'If ye put off yer wedding for yin day then aw these jewels are yours.' The bride-tae-be was that toorled wi the jewels that she immediately agreed tae put off her wedding for a day.

Before the prince went tae bed that night the auld woman gave him a draft tae help him sleep. Some time later the lassie came intae his chamber an sang tae him, but because o the draft hae never stirred or heard a thing.

> Seven long year I serred ye,
> The glassy hill I sclimmed for ye,
> The blood-slairgit serks I washed for ye,
> Will ye nae waken an turn tae me?

The following morning the lassie looked tae her plum an when she broke it open even mair splendid jewels than before spilled oot o it. She took aw those jewels tae the washerwoman's daughter, an said tae her, 'If ye put off yer wedding for yin day then aw these jewels are yours.' The bride-tae-be was that toorled wi the jewels that she immediately agreed tae put off her wedding for a day.

Whilst the prince was oot hunting yin o his men came up tae him an asked him, 'For the last twae nights I've heard some very sad but bonnie singing coming frae yer chambers. I thought it a very queer thing, given that ye're just aboot tae get married.'

'I ken nothing aboot any singing, but I'll be sure tae listen oot for it tonight.'

That night, just before the prince went tae his bed, the auld washerwoman brought the sleeping draft as before but hae complained that it needed some honey tae sweeten it. When she went tae fetch some honey hae poured the concoction away. When the auld woman returned hae said that hae'd drunk it the way it was.

Later on, when the lassie went tae the prince's chamber, the prince heard her song for the first time.

> Seven long year I serred ye,
> The glassy hill I sclimmed for ye,
> The blood-slairgit serks I washed for ye,
> Will ye nae waken an turn tae me?

Then, as hae looked at the lassie, hae recognised her an aw that had happened, an aw that had been put in their way. An so it came tae be, the youngest daughter married the prince, an they lived happily ever after. However, the washerwoman an her daughter were punished for interfering with the way things were meant tae be.

3

THE OOTLANDISH KNIGHT

A long time ago, when there was still magic going aboot as common as the flu, there was a king that loved his daughter almost as much as hae loved his hawk an his hounds an aw his horses in his stables. O course hae would have much preferred a son, but his wife hadnae survived very long after the birth o his daughter. However, the lassie proved tae be a great companion tae him. Frae an early age she took tae horse riding, hunting, an shooting with a bow an arrow as quick as any laddie. What's mair she would have flung herself intae sword fighting an wrestling had the ladies o the court no kept her away frae such manly activities.

When it came tae the time when she was o an age tae get married, word spread far an wide aboot how fair she was an how muckle the dowry that would come along with her would be. Hoards o young men were lured up tae the castle tae try an win her hand.

But it wasnae tender words an fine manners that would turn the princess' heid, though such attributes were very nice. However, when she discovered that they couldnae oot shoot her with a bow, or oot ride her on the hunt, tae be there at the kill at the end o the the day alongside herself an her father, be it for a stag, boar, fox or hare, she found she wasnae awfie impressed with them. Besides, nae such suitors liked tae find themselves bested by a bonnie princess in the hunting sports, an so they left as soon as was politely possible. Ower a time suitors came an left in the same fashion. No that it trauchled the king any, because hae fair liked the company o his daughter. But as the years passed the daughter began tae worry that she might no find a man that impressed her.

The winters were always harder for the princess, when the days were cauld an short an the nights so very long, because she could-nae be oot hunting due tae the snow an mud an so she was reduced tae hanging aroond the skirts o her maids an ladies o the court. Yin day she went back tae her room, fair fed up, tae talk tae her parrot whose cage hung high in the window.

'I am fair fed up o the company o ma maids, what with their repetitive songs as they get on with their sewing. I just want tae be oot on ma horse an shooting ma bow, an aw the things I'm guid at, no hanging aboot the parlour waiting on springtime. Yet at the same time I fear that nae suitor can show himself as ma equal in the sports o the hunt.'

'Maybe it's time ye thought less aboot sport, an mair aboot yersel,' said the parrot. 'Caw for the tailor, caw for the seamstress, caw for the shoemaker. Tell them ye want the finest gown, the finest head-dress, an the maist elegant leather slippers.'

The princess had never spent much time in front o the mirror considering colours, materials an shapes that suited her, but had only chosen what claes best suited her ootdoor pursuits. But now the parrot's suggestion brought a spark aboot her an she rushed away tae gie orders tae her maids.

What with the choosing o colours, materials, styles, fittings an alterations the princess was fully occupied for the rest o the winter. So it was that on the first day o spring she smiled at herself in the full-length mirror. She was resplendent in her velvet gown trimmed with fur, her shimmering headdress, an her fine slippers that showed off the neat elegance o her feet. As she wafted through the chambers o the castle she was aware o the excited whispers o the knights, the ladies-in-waiting, the maids an the pages, aw o them captivated by her appearance. O course some o those whispers she was meant tae hear as they spoke aboot how she must be the bonniest princess in aw o the land, aw o which made her very happy. As she smiled she couldnae help noticing a stranger in armour at the far end o the hall. Hae carried his helmet under his arm an the new sun o the spring made his armour shine. She couldnae help noticing how fair his hair was an how blue his eyes were. She looked at her maid, 'Who is that man?'

'That is the Ootlandish Knight ma lady,' her maid responded.

Immediately hae smiled an walked proudly towards the princess. Hae bowed tae the king, then hae kissed her hand, never taking his eyes off her. Aw day the Ootlandish Knight an the princess spent in each other's company, talking away in low voices. Nobody could make oot what they were saying tae each other, but they could see that hae never took his eyes off o her.

When she went tae her room at night she smiled at her parrot an said, 'I am content ma bonnie parrot,' an she paid nae heed when the parrot said nothing in response.

Ootside her window, doon in the courtyard, a cat prowled aroond, mewing quietly but with intent. The parrot cocked its lug tae this new sound, but said nothing.

The next day the excited princess was up early. As the sun was oot she invited the Ootlandish Knight tae go hunting with her for a fine stag.

'I'd be fair delighted tae accompany ye, but after riding here ma horse is lame.'

'Take yer pick o ma father's horses. I'm sure there is something in the stable that takes yer fancy.'

So it was that the handsome knight picked oot a dappled grey for himself as the princess mounted her milk-white steed. Then the hounds were at the ready an the horn was blown an they were galloping through the woods.

The Ootlandish Knight proved every bit a match for the princess regarding horsemanship, never lagging behind aw day long an was there at the kill come evening.

When at last the princess retired tae her room she turned again tae her parrot in the window, 'I am mair than content, ma bonnie parrot,' an she didnae care that the parrot said nothing in return.

Meanwhile, ootside the window, doon in the courtyard, the unseen cat mewed loudly intae the night. The parrot shoogled an fluttered its wings an decided that it must speak oot.

'I ken who tae fear, an hope ye ken as weel, ma mistress,' hae squawked.

'I have nae notion o what ye're on aboot, but yer cage is crafted oot o solid wood, an ye're hinging high up on ma window, so nothing can harm ye there.'

Next morning the princess was up afore the sun could brush her eyelashes. This time she took the Ootlandish Knight doon intae the castle grounds. They spent the morning shooting arrows at targets. The princess used her yard-long arrows, which were flighted with peacock feathers. She pulled back her bow o yew, held as steady as stane for a moment, before letting fly. She did this three times, an three times her arrows struck the wee centre circle o the target. When it came the Ootlandish Knight's turn hae matched her shooting with his three arrows, by splitting the shafts o each o hers. By matching her flight the princess now kent that this knight was her match.

Yince the gloaming fell the princess an the Ootlandish Knight talked alone. 'I have never kent a princess so adept at sports an so bonnie intae the bargain,' hae said. 'It is a pity I have so little tae offer a wife o such calibre. Aw I have is a bare castle an a muckle territory in the Ootlandish Country that lies atween Scotland an England. Some caw it the Debatable Lands, because its ownership has been fought ower, atween ma folk an yer folk for hunders o years.'

'A castle wi plenty o land is aw that I could want. What with ma mother's jewels an ma father's gold an where-with-aw I have aw we could need tae fill it with,' replied the princess.

'Yer father would be looking for a better heeled husband than the likes o me for his only lassie.'

'I'm sure ma father would be persuaded in time by ma happiness,' she smiled.

'Then leave with me now this very night an we will be married in ma ain country tomorrow. Take yer milk-white horse an I shall borrow yer father's dapple grey, as ma lame horse is nae worthy o a knight such as masel. Wear yer finest claes that befits the bonniest bride, an bring yer mother's gold an yer father's jewels, an ye shall have ma castle as ye see fit, an hunt ma lands till yer heart's content.'

The princess went back tae her room tae gather her things. 'Ma bonnie parrot I have tae say fareweel tae ye.' She then put on aw her newly acquired finery. Roond her fingers, wrists an neck she put on as much o her mother's jewellery as she could, putting the rest in amongst her father's gold, which in turn she took as much o as she could carry. She was that taken up with aw her preparations that she didnae hear the cat ootside yowling away an trying tae sclim up the castle wall beneath her window.

The parrot squawked an flapped aboot fair trauched in its cage, 'Mex-tae-mey, mex-tae-mey!' But the princess ignored the con-sternation o the bird an slipped swiftly oot the room, closing the door quietly behind her. She made her way rapidly tae the stables where the Ootlandish Knight was waiting for her. Hae cleeked the bag o gold on tae his saddle, an then she mounted her milk-white steed whilst the knight sclimmed on tae the borrowed dapple grey.

The stars greeted them as they took off intae the night, an they rode hard an long until they came tae the mooth o a muckle wide river, where the cauld salt water o the sea met with the fresh water o the distant hills. The banks were steep an rugged, an there they drew up their horses. 'Lowp off yer horse an gie it ower tae me,' the Ootlandish Knight said as hae got off his horse, his armour glinting in the moonlight.

As the princess sclimmed doon off her horse her mother's jewels glinted with the stars in the sky.

'Ma castle an lands, such as they are, lie ower there on the far side o this river, but ye will never set eyes on them,' the Ootlandish Knight laughed. 'Six maidens I have drooned in this river, an I have ye doon for the seventh. Take off yer mother's jewellery, every last ring an pearl. Aye, an take off yer velvet gown an heid-dress as weel, for they are ower guid tae be clashed in the river alongside yerself,' cackled the scunnersome knight.

'Let me stand away frae the edge where the nettles grow, because I dinnae want them tangling with ma golden locks an freckling ma fair skin.' Withoot saying another word the princess began removing aw o the precious rings, bracelets, necklaces, broaches an clasps frae her person an placing them carefully on the soft grass. Then she looked straight at the Ootlandish Knight an said in a cauld clear voice wi the nipping salt o the sea in it, 'When ye came tae see me at ma father's castle ye acted the knight, an ye were treated as such. Now ye act anything but. But if there's a semblance o a knight in ye at aw, ye will turn yer back whilst I take off ma gown.'

On hearing this his eyes fell tae the ground in shame, for hae neither could face the maid now nor himself. Hae felt sorry for her an turned his back an glowered across the wide mooth o the river tae where the salt water was rushing in.

As soon as his back was turned the princess took three light an quick steps towards the daunting figure, an with a strength in her arms born oot o dealing with stubborn horses an stiff bows, she gave that Ootlandish Knight such a shove that in a moment hae was tumbling tapsalteerie ower the banking an intae the deep cauld river. Aw that armour on that muckle man served him nae guid now, for hae sank like a stane. Somehow hae managed tae thrash his way back up tae the surface. His mailed arms flapped aboot as hae fought tae keep his heid above water. 'Grab hold o ma hand ma bonnie lassie, an I will make ye ma bride,' hae cried oot. 'Grab hold o ma hand ma bonnie lassie, an I will make ye ma bride,' hae desperately repeated.

'Just lie where ye belong ye false-hearted man. Let the weight o yer sins drag ye doon. Lie there instead o me. Six bonnie maids have drooned here, an the seventh has drooned yowe.'

The Ootlandish Knight screamed his last as the weight o his armour dragged him under. The princess laughed loudly with the gurgling o the waters. 'The seventh has drooned yowe,' she said again. An then as an afterthought she said tae herself, 'Is it no lucky that I didnae listen ower close tae the ladies o the court. I kent that the wrestling would come in handy.' After she put back on aw her mother's jewellery she sclimmed back on her milk-white horse with the reins o the dapple grey in her other hand. She then aboot turned an went back the way they had come.

It was scarcely three hours before night gave way tae day before she was slipping back intae her ain bed. The parrot started up. 'Where have ye been, where have ye been? I have been fair fashed aboot ye aw night long for fear that something had happened tae ye.'

'Hold yer wheesht ma bonnie parrot,' the princess whispered, 'it's true that I was in an awfie scrape, but it's aw sorted now. If ye gie yer word that ye'll nae tell a soul that I was away frae this room aw night ye will have a golden cage for yer hame.'

Just then the king shouted through frae his chamber, 'What ails ye, what ails ye ma bonnie parrot, that ye prattle so long afore the day?'

'I'm sorry tae have disturbed ye,' cawed the parrot, 'but for three nights there has been a cat in the courtyard trying tae get in the window tae kill me. An I thought that tonight it had finally managed tae sclim in the window, but now I see it is only the shadow o a passing cloud.'

'That was awfie quick thinking, an answer that guid an clever that it saves me explaining how wrong-heided an foolish I've been these last three days. An so I will gie ye a cage made oot o sperklin gold, an the door o the best ivory.'

'An the cat, what aboot the cat, for every night its claws get longer an closer tae the sill?' asked the parrot hesitantly.

'Dinnae ye worry aboot the cat, hae will trauchle ye nae mair. Hae sleeps the longest sleep, where hae drooned six bonnie maidens. Hae lies deid in the cauld, cauld sea.'

4

THE LADDIE THAT
KEPT HARES

At the side o the Happertutie Burn, that trickles intae the Yarrow before it flows intae St Mary's Loch, there was a tumble-doon cottage, where a poor widow-woman an her twae strapping sons lived. There wasnae much work tae be had at that time, an even less tae eat, so there came a time when the eldest son announced that hae was going tae go oot intae the world tae earn his fortune. On hearing this his mother said, 'Aye, weel, whatever will be will be,' an handed him a sieve an a cracked bowl frae the kitchen table. 'Away tae the well for some water. The mair water ye bring back the bigger the bannock I'll bake for yer journey.'

Just by the Happertutie Burn there's a steep slope where the well was. Next tae the well was a briar bush amongst the rushes. But what the laddie didnae notice was a bonnie wee bird in the bush singing tae the blue sky up yonder. The minute the wee bird saw the laddie with the sieve an the bowl hae changed his song.

Stop it with fog, an clag it with clay,
and that'll carry the water away.

'Away ye go ye stupid wee birdie. Do ye think I'm going tae dirty ma hands just because ye tell me tae?'

The bird flew away. O course the water just run oot o the sieve every time the laddie pulled the sieve oot o the well, an the cracked bowl wasnae very much better, an so the laddie hurried back tae his mother as fast as hae could with only drips on the mesh o the sieve an only a wee drop o water in the bowl. On seeing such a wee drop o water the widow-woman just sighed, an was only able tae make him a wee bannock with oatmeal.

When the bannock had cooled the laddie was in such a rush tae get going hae didnae hang aroond for his mother's blessing an neither did hae even say cheerio tae his brother.

Hae strode through the birch trees an ower the Yarrow Hills. When hae got tired hae stopped under a birch tree on the side o a hill tae rest. Hae then pulled oot the wee bannock, an was just aboot tae take a bite oot o it when a wee bird fluttered doon an landed on a branch beside him. 'Gie me a bite o yer bannock an I'll gie ye yin o ma wing-feathers so ye can make yersel a pair o pipes.'

'Ye stupid wee birdie, what do I want with a pair o pipes when I'm off tae find ma fortune. It's yer silly fault I've got such a tottie-wee bannock. There's hardly enough for me, let alone waste it on the likes o ye. Howts, away with ye an take yer bad luck with ye.' The bird flew off an the laddie ate his bannock.

On hae walked through birches an ower the hills o Yarrow, until by an by hae came tae a hoose where a king happened tae live. 'This will do me,' said the laddie tae himself, an in hae walked an asked if there was any work for a strapping lad such as himself.

'What can ye do?' asked the king.

'Oh, I can look after the coos, take oot the ashes an sweep the floor.'

'I see,' said the king, 'and do ye think ye could look after hares?'

The laddie considered this, an thought that if hae could look after sheep an cattle hae could surely look after hares. 'Aye, I can look after hares.'

'Grand,' said the king rubbing his hands together, 'tomorrow ye'll have ma hares tae look after. If ye bring them back safe an sound at night ye'll get tae marry ma daughter.'

'Suits me just fine,' said the laddie, thinking how easy it was going tae be tae earn his fortune an marry a princess intae the bargain.

'But if ye dinnae bring them back safely I'll hang ye by the neck the very next day.'

The laddie didnae like the sound o this, but hae'd given his word tae the king so hae couldnae very weel go back on it now. The king didnae mention anything aboot supper but instead showed the laddie tae his room. Hae slept as sound as could be.

The laddie woke early the next morning an jumped intae his claes an made his way quickly doon the stairs in the hope o being given some breakfast. Alas the king had already finished off aw the breakfast that there had been, the porridge, the bannocks an aw o the ale. Aw the laddie was offered was a mere cup o water.

'When ye've drunk that I want ye tae get away doon tae the Auld Dyke Field where ma hares are playing. Look after them for me an bring them back safe at night an put them in the barn.'

So off went the laddie, grumbling tae himself as hae went, 'What a way tae treat a laddie that's going tae marry a princess. I mean I only had a tottie-wee bannock tae eat on ma travels yesterday, an not a morsel this morning.'

When the laddie got tae the Auld Dyke Field hae saw the hares playing in the long grass. Hae counted twenty-four hares, an then hae noticed another hare, a wee yin with a hoppilly leg. Hae chased after the hares, an they immediately scattered, aw except the wee yin with the hoppilly leg, which hae quickly caught by the lugs. Hae skinned it an roasted it ower a fire. Then after eating the wee hare hae fell fast asleep an didnae waken till many hours later tae immediately see that the sun had gone doon tae just above the trees.

The laddie quickly roused himself an chased after the hares, but the hares scattered even faster than before, having seen what hae done tae the wee hare with the hoppilly leg.

Sometime later hae arrived wearily back at the king's hoose. The king immediately asked o him, 'Did ye look after ma hares?'

'Aye, I looked after yer hares.'

'And did ye bring them back an put them in ma barn?'

'Naw, I wasnae able tae bring them back …'

So that was the laddie hanged by the neck the very next morning.

A year after the laddie had left the wee cottage next tae the Happertutie Burn his younger brother approached his mother an said tae her that it was aboot time hae went oot intae the world tae earn his fortune. On hearing this his mother said, 'Aye, weel, whatever will be will be,' an handed him a sieve an a cracked bowl frae the kitchen table. 'Away tae the well for some water. The mair water ye bring back the bigger the bannock I'll bake for yer journey.'

So the laddie took the bowl an the sieve an went doon tae the well by the Happertutie Burn. Next tae the well, amongst the rushes, was a briar bush an in it was a bonnie wee bird singing tae the blue sky up yonder. The minute the wee bird saw the laddie with the sieve an the bowl hae changed his song.

Stop it with fog, an clag it with clay,
and that'll carry the water away.

'Hey ma bonnie wee birdie, thank ye very much,' the laddie said, an set aboot lining the sieve with moss frae the side o the burn, an filling in the cracks o the bowl with clay frae under the banking o the burn. Then hae filled them both with water frae the well an carefully carried them hame.

On seeing the amount o water her laddie had managed tae collect his mother was fair toorled an baked a grand big bannock with aw o the water an oatmeal.

Yince the bannock had cooled the laddie said tae his mother, 'I'd fair like yer blessing along with the bannock.' His mother sighed an smiled an gave him a big cuddle before watching him go.

Hae strode through the birch trees an ower the Yarrow Hills. When hae got tired hae stopped on the side o a hill under a birch tree tae rest. Hae then pulled oot the bannock, broke it in twae an put yin half back in his bag. Hae was just aboot tae take a bite oot o the bannock when the wee bird fluttered doon an landed on a branch beside him. 'Gie me a bite o yer bannock an I'll gie ye yin o ma wing-feathers so ye can make yersel a pair o pipes.'

'Ye're welcome tae eat yer fill ma bonnie wee bird, cos it was you that told me how tae fog the sieve with moss an clag the bowl with clay so that I could carry aw that water back tae ma mother.' Hae broke off a bit for the bird, then halved what was left, put yin half in his pocket an ate what was left.

After the bird had pecked up every crumb the wee birdie said, 'That was braw. Now, if ye will pull a feather oot o ma wing ye can make yersel a pair o pipes.'

'Ach, I couldnae do such a thing tae ye. I wouldnae want tae hurt ye.'

'Naw, naw, it'll nae hurt me a bit. Just do what I tell ye. Now here, take yin o ma wing-feathers, an make yersel a pair o pipes.'

Not wishing tae offend the bonnie wee bird, the laddie started tae pull at yin o the wing-feathers. Hae was amazed that it came away so easily. The laddie then watched how the bonnie wee bird fluttered off intae the braw blue sky an was soon lost in the sun.

By an by hae took oot his knife, an carefully cut the barbs off the feather. Then hae cut the shaft in half an notched them both. When hae had fashioned the pipes hae put them tae his lips, an the tune that came oot as hae played was the same song as the bonnie wee bird had sung tae the blue sky up yonder.

Now instead o walking, hae danced tae the magical tune o his pipes as hae made his way through the birches an ower the hills o Yarrow until, at the hinderend, hae arrived at the hoose where the king lived.

'Maybe this is the place I'll earn ma fortune,' said the laddie tae himself, as hae knocked on the door. Moments later the king himself answered the door.

'I'm oot in the world tae earn ma fortune, so I wondered if ye had anything needing doing yer highness.'

'What can ye do?' asked the king.

'Oh, I can look after the coos, take oot the ashes an sweep the floor.'

'I see,' said the king, 'and do ye think ye could look after hares?'

The younger brother considered this, an thought that if hae could look after sheep an cattle, seeing tae it that they didnae stray, hae could surely look after hares. 'Aye, I can look after hares.'

'Grand,' said the king rubbing his hands together, 'tomorrow ye'll have ma hares tae look after. If ye bring them back safe an sound at night ye'll get tae marry ma daughter.'

'That suits me just fine,' said the laddie, 'as long as it suits yer daughter.'

'Ye just look tae yer ain sel an let me think aboot ma daughter,' said the king brusquely. 'And mind, if ye dinnae bring aw ma hares back safely I'll hang ye by the neck the very next morning.'

The laddie didnae like the sound o this, but hae'd given his word tae the king so hae couldnae very weel back oot o it now. The king didnae mention anything aboot supper but showed the laddie straight tae his room instead. Hae took what was left o the bannock, broke it in twae, an after eating yin bit hae fell fast asleep.

Hae woke early the next morning an jumped intae his claes, making his way quickly doon the stairs just in time tae see that the king had already finished off aw the breakfast that there had been, the porridge, the bannocks an aw o the ale. Aw the laddie was offered was a mere cup o water.

'When ye've drunk that I want ye tae get away doon tae the Auld Dyke Field where ma hares are playing. Look after them for me an bring them back safe the night. Oh an mind tae put them in the barn.'

Away went the laddie tae the Auld Dyke Field. When hae arrived hae counted twenty-four hares playing in the long grass. Then hae noticed a wee hare with a hoppilly leg. As hae watched them hae took oot the remainder o his bannock an hae ate every last crumb o it.

Then, wondering how hae might pass the time, hae pulled oot his pipes an started tae play. Hae played that bonnie that the hares stopped their games an just looked at him. Then they started tae dance, coming closer an closer tae him as they did so, until they formed a circle aroond him. An the air was filled with ever so bonnie pipe music.

Aw aroond an everywhere there was a magic stillness. The fish snoozled in the stream, water birds snoozled in the reeds, aw the

critters o the fields snoozled in the shade. Aw was still an aw snoo-
zled forby the hares at the playing o the pipes.

Aw day long the hares danced. It was only when the laddie
saw the sun poised ower the trees in the west that hae stopped his
playing. Only then did the hares stop their dancing. Only then did
aw the other creatures stir frae their glamour.

'Now we must away hame,' said the laddie, putting his pipes in
his pocket. Hae wondered how hae might get the hares tae go with
him. Hae got up anyway an took a few steps, an found that the hares
were following him. But then hae saw the wee hare with the hoppilly
leg. Hae felt sorry for it an so lifted it up an put it inside his jacket
tae keep it warm. As hae patted its heid an stroked its lugs hae gazed
intae its muckle broon eyes, an couldnae help thinking that they
were the maist beautiful eyes hae had ever seen. The laddie walked
on an the twenty-four hares seemed very happy tae follow him given
that hae was looking after the wee hare with the hoppilly leg.

When hae arrived back at the hoose the king asked him, 'Weel,
did ye look after ma hares?'

'Aye, I did that.'

'An did ye bring them back an put them in the barn?'

'Aye, I did.'

'Away an fetch them for me.'

The laddie duly brought the twenty-four hares tae the king.

'That's fine, fine, but what did ye do with the other hare?'

'I took the wee yin with the hoppilly leg up the stairs an put her
in ma bed tae keep her warm.'

'Away an fetch her for me.'

The laddie went up the stairs tae his room, but there was nae
hare in his bed at aw. For in its place was a lassie with long shiny
hair an the maist bonnie broon eyes hae'd seen in aw his days.
Hae brought the lassie doon the stairs tae the king.

'Weel laddie, it seems as if ye've lost a hare an found a princess,'
said the king, fair toorled. 'Ye'll be married the morn.'

'That's fine by me, as long as it's fine by yer daughter.'

The princess said that she thought she might like the laddie, but
needed a wee bit o time tae think aboot it.

'Maybe ye would like a wee bit o music whilst ye're thinking?' put in the laddie.

The king glowered at him. The laddie had nae idea that the king hated music, but it was too late, hae already had the pipes up tae his mooth, an the hoose was soon reverberating with the magical tune hae'd learnt frae the bonnie wee birdie. Aw at yince aw o the servants stopped seeing tae their chores an set aboot dancing, along with the twenty-four hares an the princess an even the auld king himself. An they danced aw night till the sun rose yince again. By now the princess had decided that she did have a liking for the laddie, an that she would marry him.

'Weel,' said the king fair pleased, 'now that that's sorted oot, let's get this wedding on the go.'

'What, now?' asked the laddie.

'Weel, there's nae reason tae tarry,' said the king, 'now is there?'

'It's just that I'd like ma mother tae be there. She bides in a tumble-doon cottage at the side o the Happertutie Burn!'

When the laddie's mother was sent for the king immediately gave her a wee cottage tae live in near tae his ain hoose. As for the laddie an the princess they had the grandest wedding, with guests frae aw ower Ettrick, the Tweed an Yarrow. Years after when the auld king passed away, the laddie that had looked after the hares ruled in his place.

NOTE – Although this story took place a very long time ago, that cottage at the side o the Happertutie Burn is still there tae this very day. Nae doot it is in a better state o repair than it was back then.

5

THE WATERS
O LIFE

Yince upon a time there was a king who was that ill that hae was dwining away. When the wise woman was sent for she said that the only thing that would cure him was the Waters o Life. On pressing her, the king learned that the Waters o Life could only be found in the well at an enchanted castle that lay in the middle o a derk stretch o water. On pressing her further (for such wise folk dinnae say much, having gathered the maist o their wisdom through listening), she said that such a place lay in the far off an chancie hills o the Scottish Borderlands. 'It is a sad an barren land scoured by incessant winds that at the same time whisper o aw that yince was there.' She then hirpled away before the king could ask any mair.

The king immediately sent for his three sons. Hae told each o them that they must cleek a flask tae their belts an set off at yince tae find the Waters o Life, because it was the only thing that would save him. So each o the sons cleeked a flask tae their belts, sclimmed on tae their horses an rode off north. They rode hard an they rode long until they came tae a crossroads by a burn. Here they spread oot on their separate ways. The twae auldest laddies chose the twae broad an daisy-strewn paths for themselves, leaving the narrow twisted path, that was overgrown with thorny bushes, for the youngest laddie.

The twae aulder princes on their pleasant paths soon fell in with such guid-natured company, an were having such a braw time that they clean forgot aboot the ills o their father an the Waters o Life.

As for the younger laddie, hae rode an wound his way like a needle through the coarsest cloot, through bramble bushes, under whin bushes, through bogs an the thickest o woods. It was a journey that awkward an testing ye might struggle tae remember yer name let alone have any notion o how far ye've travelled. By an by, however, hae finally landed up at the wee cottage o an auld man, who was sitting by the door as if expecting him. 'Here now, ye've come at last. I thought ye might never get here. Ye have a long way tae go yet afore ye find the Waters o Life, so put yer horse in the stable an then come away an share ma supper.'

The prince was soon sitting at the table, eating bread an cheese an drinking water. Not long after this the auld man said tae him, 'There is a bed for ye through the wall, but whatever ye dae keep still, dinnae move an dinnae utter a sound nae matter what wee critters get in beside ye tae keep warm.'

The laddie was ower tired tae gie this much thought an just went the way hae was directed tae his bed. Hae had nae sooner got himself aw tucked in cosy when a throng o frogs an snails got in beside him. As the critters slithered aroond in his bed hae couldnae help but tense up an was just aboot tae cry oot when hae minded the auld man's warning. So aw night long hae lay where hae was, hardly getting a blink o sleep because o the constant squirming o the frogs an snails. When the cock crowed the critters aw scattered oot o his bed an were away. Hae then shut his eyes an tried tae sleep a wee bit mair, but a few minutes later there was a loud knock on his door frae the auld man, telling him that the breakfast was on the table.

'Did ye sleep weel?' asked the auld man as they shared the scraps o bread an cheese frae the night afore.

'I can say that I've slept better, but I could've slept worse.'

'So it was meant tae be,' nodded the auld man. 'Now there is another horse ready at the door tae take ye tae ma aulder brother, who will help ye on the next stage o yer journey.'

When the young prince had mounted the horse the auld man handed him a ball o yarn. 'Now, what I want ye tae dae is tae throw this ball o yarn atween the horse's lugs an ye'll make the wind jealous o yer speed.' So with the horse heided north an a clear road in front o him, the laddie threw the ball o yarn atween the horse's lugs an it took off like a hare in a hurry. Yince it got intae its stride it almost matched the wind itself for speed. They went on for some time till hae could see the dreich an windswept North Countree on the near horizon. Soon afterwards they came tae a tumble-doon hoose with a neglected garden. Sitting ootside the front door was an even aulder an uglier auld man than the first.

'So ye got here at last. I suppose ma younger brother sent ye here?'

When the young prince said that this was the case the auld man pointed oot the stable for the horse an told him tae come an share his supper after the horse was seen tae.

The prince saw tae the horse afore going in an having his supper. Hae ate his share o oatmeal scones an brambles with relish. An yince they had finished their supper the auld man told him, 'There's a bed upstairs for ye, but whatever ye dae, nae matter what critters come tae share yer bed dinnae move or make a sound, or yer father will have yin less son aboot him.'

Feeling even mair tired than the night afore, the laddie got intae his bed an was just aboot tae pull the covers ower his heid when hae felt a throng o toads an slow-worms wriggle in beside him. An for the whole night long they lowped an wriggled aw roond aboot an aw ower him. Mindin what the auld man had said, hae kept both his body an his tongue still. Just when it felt as if they were crawling aboot inside o him, the cock crowed twice, an aw the critters were away. The laddie shut his eyes in the hope o just a wee bit o sleep, but moments later there was a loud knocking on the door frae the auld man, tae tell him that breakfast was sitting on the table.

As they ate the scraps frae the night afore the auld man asked, 'Did ye sleep weel?'

'I could have slept better, but I could have slept worse.'

'Aye,' nodded the auld man, 'that is how it was meant tae be. Now then ye'll have tae be on yer way, I have a fresh horse waiting for ye at the door. It will take ye tae oor auldest brother who will help ye on the next part o yer quest for the Waters o Life.'

Yince the laddie had mounted the horse the auld man handed him a ball o yarn. Yince mair the laddie pointed the horse in the direction o north an threw the ball o yarn atween the horse's lugs. An so the horse took off as fast as a fright an was soon giving the wind a run for its money. When they had finally left the dreich North Countree in their wake an the ominous an chancie hills o the Scottish Borderlands lay in front o them, a ruin o a muckle hoose arose up aheid. It sat in a wide stretch o waste ground. At the door, as if waiting for him, sat the auldest, maist ugly man hae'd ever clapped eyes on.

Just as before hae was invited in after hae'd seen tae the horse. They had soup stowed with herbs for their supper. Hae was told where his bed was, but this time there was nae warning. When the prince sclimmed intae his bed there was nae slimy slairgit critters o any sort wriggling in alongside him. What with the lack o sleep frae the twae previous nights, an the exertions o aw that horse riding, hae slept as sound as sound could be, until a cock crowed thrice.

'Did ye sleep weel?' the auld man asked.

'I have never slept so weel,' the prince said brightly.

'So it was meant tae be,' nodded the auld man. 'Now listen very carefully tae what I have tae say, because if ye make a mistake yer father will have aboot him yin less son, whilst ye will live oot the rest o yer days in the dreich withered lands o the North Countree as a frog, a snail, a toad or a slow-worm.

'Take intae yer hand this ball o yarn an throw it atween the lugs o yer horse an then ride that fast that the wind cannie catch sight o ye, till ye come tae the furthest away o the Scottish Borderland hills. There ye will come across the enchanted castle that sits in the midst o a derk sheet o water.

'Tie yer horse tae a tree, an then when it is time, caw oot that ye want tae be lifted across the water. Three swans will come an cart ye across the water, but watch that ye dinnae slip an faw, because yer father will have yin less son.

'On reaching the shore ye will have three gates tae go through, each guarded by terrible beasts. They are always sound asleep in the middle o the day atween yin an twae o'clock, so ye must use that time weel.

'Heid straight for the castle. Inside ye'll pass by many grand rooms that could turn the heid o a lesser man. Nae matter what ye see in there dinnae tarry, for it is only that short hour that will keep ye safe. Make yer way tae the kitchen an oot intae the garden where ye will come across the well. Fill yer flask with the Waters o Life, an then come back here tae me the same way ye travelled there. But mind this, yer success will affect mair than you an yer father.'

After giving thanks tae the auld man for his kindness an his knowledge, the prince lowped on tae his horse, threw the ball o yarn atween its lugs an was away that quick that the wind had tae turn intae a gale tae keep up with them.

Aw morning hae rode till they reached the furthest back o the Scottish Borderland hills. The enchanted castle surrounded by the derk sheet o water came intae view. Hae tied the horse tight tae a tree beside the water's edge. Hae didnae have tae wait long before it was time tae caw oot, 'I want tae be carried ower the water.' Three swans came up tae his side an carried him safely ower tae the castle. By the time hae stepped on tae the shore it was precisely yin o'clock.

At the first gate loomed twae muckle giants, but the spiked clubs they had in their hands were used tae prop themselves up as they were sound asleep. They only swayed a little in their deep slumber as the young prince passed atween them.

At the second gate there were twae ferocious lions with teeth as long as daggers, but they never budged frae their slumber as the young prince passed atween them.

At the third gate there were twae scunnersome dragons, an although the air they breathed was that hot it would dry yer claes on yer back in an instant, they never budged frae their coils o slumber as the young prince passed atween them.

Hae took the steps twae at a time that led tae the castle. Inside hae scurried by many grand rooms withoot a second glance, but drew up at the grandest chamber. The door was wide open an there in the golden four-poster bed was the maist bonnie lassie hae'd ever clapped eyes on.

On coming up closer his breath changed frae the fuel tae power his limbs tae a deep expression o his feeling for her. Not that hae realised that hae'd fallen in love with her, for hae had nae experience o such matters. Hae went closer still an kissed her lightly on the cheek as an appreciation o her beauty.

Although she didnae waken frae her sleep, the laddie suddenly minded why hae was there. Turning tae go, hae saw a frilly handkerchief on the floor an swiftly picked it up an dropped his ain in its place. His ain white handkerchief had three gold crowns embroidered in yin corner. Then hae ran oot the room, past aw the other rooms, intae the kitchen an oot intae the back garden. Hae soon found the well, which had roses roond it. Hae quickly removed the cap frae the flask, filled it with water frae the well, an bunged the top tightly back on. Having done this, the young prince took tae his heels, making for the back door o the castle. Hae sprinted through the kitchen an past aw the grand rooms (though hae did have another wee keek intae the sleeping lassie's room) before doon the steps hae lowped three at a time. Then hae scurried through the gates with their sleeping guards, an the three swans were waiting for him by the shore tae carry him back across the water. Nae sooner had they laid the young prince doon on the other side o the derk water than the three giants, the three lions an the three dragons burst oot o their slumber. The giants roared like volcanoes, the lions roared like the crashing tides o the seven seas, an the dragons seethed that much fire it resembled an ominous rumble o thunder. Aw o which was like the maist hideous choir imaginable, an mair than enough tae waken the deepest sleeper. The lassie, however, didnae even stir.

The prince quickly untied his horse frae the tree, lowped on tae it an dug his heels intae its flanks. In a trice they were going that quick that the wind didnae even catch a glimpse or rumour o them.

Having left the Borderland behind them it was nightfaw before they arrived at the muckle ruined hoose, where the auldest o the three auld brothers lived.

'Now it is yer turn tae help me, for I have helped you,' said the auld man. 'Take this sword an come with me tae the well at the back o the hoose.' When they got tae the well hae told the prince, 'Now, ye must cut off ma heid.'

'That doesnae sound like any sort o guid turn for aw that ye've done for me,' the prince argued. But the auld man insisted that staunchly, saying that only guid could come oot o it, that at the hinderend the laddie did as hae was bid. Ower the well hae cut off the heid o the auld man.

Nae sooner did the heid hit the water at the bottom o the well than a handsome young man showed up at the side o the prince. As the prince turned roond hae saw that the muckle hoose had refurbished itself intae aw the magnificence o how it was on the day that it was built. Not only that but the waste ground was now flourishing with neat lawns, trimmed hedges an flower beds that were fizzing with life an colour.

'I have waited so many years for somebody brave enough tae break the spell that was put upon me,' the young man smiled, 'come away tae ma hoose an we'll have a grand feast together. Tomorrow I hope ye'll perform the same service for ma twae younger brothers?'

The prince was only too delighted tae cut the heid off the second auld man an see him restored tae his youth yince mair, along with his hoose an garden. This hae did, just as hae went on tae cut off the heid o the first auld man an see him an his cottage an garden restored. Just as hae completed this final service, away up north in the enchanted castle the lassie stirred. She yawned as she stretched oot her arms an arched her back. An so it was the spell was broken, an the lassie (who was in fact a princess) wakened at last. The giants, the lions an the dragons aw vanished in that moment. The swans turned intae armoured knights o noble birth an aw at yince servants rushed aboot filling the castle with life an verve. The castle was now connected tae the other side o the derk water by a solid stane causeway. An at the same time the derk water nae longer seemed so derk.

Next morning the young prince rode back tae the crossroads by the burn where hae left his brothers. As hae awaited their arrival hae tied up his horse, then realised that hae could do with a wee sleep, what with aw that hae'd been through an aw that feasting. So hae sat with his back tae a tree an fell fast asleep.

By an by his brothers came along. They each had kept in mind that they had tae meet up with their brothers, but they'd been so caught up with their ain entertainment that they'd quite forgotten the plight o their father an aw aboot the Waters o Life. It was only when they saw their younger brother lying below the tree sleeping that they minded.

'I wonder if hae was successful,' whispered the eldest brother, whilst removing the flask frae the youngest's belt. Hae unscrewed the top an kent as soon as hae tasted it, as the liquid caressed the back o his thrapple, that this was nae ordinary water, an that it had tae be the Water o Life. The twae aulder brothers agreed that their wee brother was ower young tae have the responsibility o making such a discovery that would cure their father. 'Aye, things must go tae the eldest first,' said the eldest, but then, realising that this might not go doon ower weel, added, 'but as we are mair o a similar age we can share the Waters o Life, an thus both benefit frae father's reward.' So the eldest brother filled his flask half full o the magic waters frae the youngest's flask, whilst the second auldest brother took the remainder. Then the middle brother took the empty flask an refilled it with water frae the burn.

Hae then cleeked it tae the sleeping brother's belt yince mair. 'Now, brother,' smiled the eldest, 'I think we should away an leave him tae sleep off his exertions. After aw we shouldnae tarry any longer for father's sake.'

On opening his eyes the young prince had the queerest feeling o a presence that had recently been there. Hae got himself up, an on rooting aroond hae came across the tracks o twae horses on the path. The fact that the tracks were heiding in the direction o his father's kingdom added tae the inclination that they belonged tae his brother's horses. Hae was curious that they hadnae woken him, but maybe they were just that anxious tae get back tae their father tae save his life that they couldnae stop for even a second. So the laddie got himself quickly back on tae his horse, an set off at a gallop tae get back tae his father.

The youngest laddie was delighted tae see his father hale an hearty when hae arrived back hame. 'Aye, an it's thanks tae yer twae aulder brothers for seeking oot the Waters o Life for me,' beamed his father.

'It doesnae matter that I was able tae fetch the Waters o Life for ye as weel, the main thing is that ye are back tae full health, Father,' said the youngest prince.

'Quite so, quite so. An it would be only fair tae taste the water frae yer flask ma son.'

The laddie handed ower his flask tae his father, who pulled off the stopper an raised the container tae his lips. But hae screwed up his face as hae spluttered an spat the water oot, 'Son, are ye trying tae poison me? This is nae Water o Life ye have in this flask. Were ye trying tae trick yer auld father? Guards, guards take this article oot o ma sight, an tell the executioner tae cut off his heid in the morning, for hae is nae son o mine.'

On hearing that hae had tae cut off the heid o the youngest prince the executioner was sorely vexed. Oot o aw the princes hae fair liked the youngest, an didnae think much o the aulder yins. So hae took some raggedy claes tae the prince in his cell, an told him tae dirty his face an hands wi dirt frae the dungeon floor. Then hae took him under the cover o night tae a far away wood, tae a family o poor charcoal burners. The prince was welcomed in by the family, an as hae worked hard was soon accepted by them. They shared their food an their shelter with the disguised prince. They slept oot in the open when it was fine an mild, but took tae a mud hut with thatched branches for a roof in wet an cauld weather.

The princess, meanwhile, had been travelling far an wide tae find the owner o the handkerchief wi the three gold crowns embroidered in yin corner. When at last she reached the king's palace, her three knights drew their swords. They entered the palace an the princess insisted on seeing the king an his sons.

'I am here tae marry the son o yours who filled his flask with the Waters o Life frae the well behind ma castle, that lies in the furthest hill o the Scottish Borderland. Which prince was it?'

When the eldest brother stepped toward the princess cast the handkerchief embroidered with the three crowns on the floor.

'If ye can stand on that handkerchief withoot losing yer balance then ye're the man I've come for,' said the princess.

The laddie stepped boldly on tae the handkerchief, but for aw that hae tried hae toppled an fell flat on the floor, breaking his arm intae the bargain.

'Ye are not the yin for me,' said the princess glowering doon at the stricken prince. Tae insure that that hae could cause nae trouble the three knights drew their swords at him.

The second prince fared even worse than the first, because when hae owerbalanced on the handkerchief hae broke his leg on the floor. Again her three knights stood ower him with their swords drawn, so that hae couldnae make any trouble either.

The princess then turned tae the king, 'Have ye nae got another son? Because neither o these is the man for me.'

The king shoogled with fear an lost maist o the colour frae his face. Hae realised that hae could only ask his executioner what had happened tae his youngest son.

The executioner was sent for, an when pressed on the matter hae confessed, 'Hae is fine an weel an living in a far off wood with a family o charcoal burners.'

The king was greatly relieved at this upshot – hae didnae ken who had the longest dagger aboot them, the three knights or the glower o the princess, but hae dinnae like the look o any o them. 'Fetch him tae the palace right away,' the king commanded.

Some time later the messenger returned an informed the king, 'The prince will nae come, hae prefers life in the woods tae death at the castle.'

'Away back an fetch him. Tell him there will be nae death for him here,' ordered the king, nae at aw happy at the glower o the princess an the blades o her three swordsmen.

Yince mair the messenger came back unaccompanied. 'The prince says that if ye want tae see him ye should away an visit him in the woods.'

The king didnae ken how tae react tae this, because hae wasnae used tae a laddie going against him. Nor was hae used tae the daggers that were drawn against him, in the form o the three swords an the princess' piercing eyes. However, hae didnae have a chance tae say anything. The princess said tae the messenger, 'Away an ask him if hae would like tae swap handkerchiefs for the yin hae left lying on the floor o the castle that lies on the furthest hill o the Scottish Borderland.'

This time the prince arrived at the palace in double-quick time, leaving the messenger in his wake. Hae hadnae even thought tae wash his face or change his raggedy claes.

'Are ye able tae step on tae this handkerchief withoot toppling ower?' asked the princess.

'Indeed I can, an indeed I will.'

An o course hae could, an o course hae did.

'There's nae doot aboot it, this is the prince for me,' grinned the princess at her prince. She then faced the king, 'Ye can keep yer other twae sons. They've tricked ye yince, an they'll dae it again nae doot.'

Then she turned tae the twae injured laddies still sprawled on the floor, 'An you pair deserve a father that orders an executioner tae cut off the heid o yin o his sons. Hae'll gie oot that order again before long nae doot. An the executioner might nae bother himself tae save either o ye pair o scunners.'

'Will ye come along with me tae ma castle where we can be married an ye can rule ma lands?' she asked o the youngest prince.

'O course, I could want for nothing mair than that.' With that the prince led the princess oot o his father's castle, accompanied by her protecting knights.

They immediately set oot for the far-away woods, where the charcoal burners dwelt. They gifted the family with a great deal o money for their kindness towards the prince. The prince then washed himself thoroughly an stepped intae some fine claes o velvet an silk that the princess had brought for him.

The young prince, his princess an her three knights in shining armour rode away tae the enchanted castle that was set in the middle o a stretch o derk water on the furthest hill o the Scottish Borderland. Frae the time they reached that enchanted castle the laughter throughoot the years was carried far an wide on the gusting wind.

Whether the cheating princes an foul-fettled king paid any heed an mended their ways, who can say?

6

WHUPPITY STOORIE

A Woman o that Name

The young widow Martha's sow was due tae gie birth tae a litter o piglets. Now, it is weel kent that pigs make awfie clumsy mothers, so Martha was always going back an forward frae the hoose tae the pigsty tae see that everything was alright. Ye see she was feart that the sow might accidentally trample on the newborn piglets. So aw day long she was forever nipping ower tae the pigsty, an always with her wee laddie at her heels. This went on till she put the laddie tae his bed at night-time, after which she would run back an forth tae the pigsty on her ain. So anxious was she aboot the piglets that she kept up her checking weel intae the night. Ye see she was expecting a litter o aboot half a dozen pigs, an the rent was due very soon, an if anything happened tae any o the piglets she would have been very hard put indeed.

Late yin night, when tiredness was threatening tae owertake her, she decided that she would have yin final look at the pigsty afore going tae her bed. She took the lantern across the yard tae the pigsty. As soon as she clapped eyes on her sow she froze. She didnae like the look o it yin little bit. It lay slumped oot with its eyes closed, pechin away as if it was having a fit. On closer inspection she realised that there was blood dribbling oot o the corner o its mooth.

Something was very wrong but she didnae ken what tae dae, as her nearest neighbour was five mile away. Then she rushed away tae fill a pail o water, an clashed the pail o water ower the pig in the hope o reviving it. But it never moved an she thought she might have killed it, for it was showing that little life. It must have eaten something poisonous, surely, but what could she dae for it? In the midst o her panic an helplessness she suddenly found that she was greetin her heart oot. How would she pay the rent? How would she feed the bairn? What could she dae, what could she dae? She lifted up her apron so that she could wipe her streaming tears on the hem. Then, through her blurry eyes she made oot a derk figure afore her. After she wiped her eyes a bit mair she saw afore her a wee auld woman, dressed in derk auld-fashioned claes.

'What makes ye greet?' the woman asked shortly, as if irritated by the widow's greeting.

'The sow,' Martha pointed, 'it's due tae farrow, but it's like it's dyin, an the rent's due.'

'Wheesht wuman wheesht,' said the auld woman, 'it's likely tae die right enough, but I could save it.'

'Ye could save it?'

'I just said so, did I no?'

Hope started pumping through Martha like she were a muckle set o bellows. She kent that these kind o folk often had cures for things tae hand denied the likes o ordinary folk. 'Would ye help me please, I would dae anything if ye could put that sow back on its feet again, anything.'

'Tether yerself tae that promise an I will surely dae it,' stated the auld woman.

Martha immediately agreed, because the health o her sow would sort oot aw her problems. Just then the lantern guttered briefly then went oot. Martha couldnae see what the wee woman was doing, but she could hear her muttering some queer words in a language she'd never heard afore. Then this queer incantation was interrupted by a scuffling sound, followed immediately by a raucous grunting. The sow got up an walked aroond a bit, then lay back doon an preceded tae gie birth tae ten wonderful piglets.

As the ten piglets were having their breakfasts, Martha said tae the wee woman, 'How can I ever thank ye, how can I ever thank ye?'

'Now for the bargain,' said the auld woman, an the young widow wondered what ever could she want frae her meagre hoose.

'I'll take the bairn.'

'Aw naw, ye cannie take ma laddie. I have an auld broach that ye can have …'

'I'll take the bairn.'

'Ye're welcome tae ma fine linen sheets …'

'I'll take the bairn, an I'll be back for him in three days. That is unless,' she swithered, 'unless ye can tell me what ma name is,' an with that off she went hirpling doon the path with neither leg better than the other.

Yince the mother got back tae the hoose she looked in tae see her sleeping son. She smiled as she always did as she watched his soft sleeping features. In such a moment aw was right with the world. But then her thoughts were tugged elsewhere. Guess the wee woman's name? How could she? Her ain sleep proved impossible, her new problem being even greater than her worry ower the health o her pig. She soon gave up on any sort o rest, flung back the covers an took herself oot intae the night. She dandered intae the woods behind the hoose. The moon was up. A few stringy clouds scudded in front o it. Stark black shadows were causing confusion amongst the derk tree trunks, but Martha kent every stick an stane on this braeside, be her eyes open or be them shut. At least she thought she did. However, when she brought her attention tae what was in front o her she discovered that she was keeking intae a derk crevice that suggested the entrance tae a cave. She must have passed by it hunders an hunders o times, so it must have been gey weel hidden, as she had never noticed this before. She didnae dare go in, as she'd had enough o queer going-ons for yin night, but she stayed quiet an listened. First she heard the whirr o a spinning wheel. Then she heard a wee bit o laughing, an she recognised the voice. Then she heard a bit o singing frae the same voice. An this is what the voice sang:

Little kens the guid dame at hame
That Whuppity Stoorie is ma name.

Martha rushed back hame, repeating the name 'Whuppity Stoorie' ower an ower again as she went. Now she was almost looking forward tae seeing the auld woman again, so that she could be finished with the whole business.

Sure enough the wee woman showed up three days later. The laddie was ootside the hoose playing contentedly wi some nice smooth pebbles. However, when hae caught sight o the auld woman, hae got himself up an hid behind his mother's skirts. Martha decided tae have a wee bit o fun with the woman, an she started pleading with her tae caw off the bargain. But the auld woman was deaf tae aw Martha's pleading. She was having none o it, she was taking the bairn, as was her right. An with that she stretched oot her auld, gnarled, skinny arm towards the wee laddie, still weel tucked behind his mother.

'Hang on a minute,' said the mother as her laddie started tae greet, 'ye promised me that ye wouldnae take the laddie if I could tell ye yer name.'

The auld woman cackled derisively.

'Yer name,' Martha announced firmly an clearly, 'is Whuppity Stoorie.' The wee woman was fair flummoxed, but couldnae contradict Martha, an left, hissing whispers below her breath.

After such an ordeal aw went weel for Martha an her laddie ower the many years o their lives.

WHUPPITY STOORIE

Long ago, at the time o year when the bracken was green an bright on the hills, a fine young gentleman took it upon himself tae ride ower the brae tae woo a fair lass. By the time the bracken had turned an withered tae gold there were great celebrations, on account o the grand wedding o that particular gentleman an the bonnie lass.

After the wedding the young bride was whisked away frae her father's hame by her man so that they could away tae bide in his ain hoose. It was a grand hoose an she wanted for nothing. She had sparkling jewels, fine velvet gowns, nothing but the best, an the love o a guid man forby. She had never been so happy in her whole life afore.

However, it wasnae very long before her man approached her on a particular matter. 'Now then wife o mine, it's aboot time ye were setting yer fair hand tae the spinning, for a hame is no a hame withoot the clacking o the shuttle stotting off its walls, an a wife is no a wife unless she can spin fine threid for her man's shirts.'

The young wife was dooncast at this. 'But I have never spun a threid in ma life, for in ma father's hoose the spinning wasnae a task that was considered fitting for a gentlewoman such as masel, an so it's no a thing I hae a clue aboot.'

Her man though just glowered at her, an hardly were the words oot o her mooth than hae came back at her. 'Tae spin fine threid is a task that aw guid wives should be able tae dae. Frae now on ye must spin me twelve hanks o threid every day or it will be yer ain lookoot.'

'It's no that I'm ower proud tae dae yer bidding, indeed it gies me pleasure tae see tae yer slightest wish, but in spinning I am clueless, an no a hank o threid can come frae these fingers withoot the kennin how.' She pleaded an pleaded with him, but for aw her pleading hae would have none o it. She must find oot herself how tae spin. Withoot further ado hae had the servants bring up a spinning wheel an enough flax for her first day's work.

Aw the following week she rose early, an she turned that wheel frae the minute the first glimpse o sun glanced the heather on the hills till the last trace o light gave oot in the gloaming. But no yin guid hank o threid did she produce frae the shining piles o flax. Each night when her man came in tae pick up her fankled an knotted threid she would be greeting sorely at her poor efforts. 'This is no the fine threid I'm after. This coarse stuff is hardly fit for mendin the bahookies on crofters' breeks. Ye'd better dae better than this, for dear as ye are tae me it'll be the worse for ye.'

On the last night o that week her man informed his young wife that hae was aboot tae away on a journey, which would keep him away for a fortnight. 'By the time I come hame ye will need tae have spun a hunder hanks o threid. If no, as dear as ye are tae me, I'll be forced tae cast ye aside an find a proper wife tae spin for me.' Back in those days if a man wasnae satisfied with his wife hae could take another yin instead. Hae kissed her farewell an then set oot on his horse.

'Mex-tae-mey, what will I dae, oh, what will I dae. I have as much chance as fly in the air as I have o spinning a hunder hanks o fine threids. Ma man will surely kick me oot when hae comes hame.'

An so it was that the young wife found herself in a bigger fankle than her poor tangled hanks o threid. As her mind fretted with aw sorts o trauchles she left her room an went oot the hoose aw together. She strode up the braeside, tae dander aimlessly aboot the heather an bracken. She hadnae gone very far when a wave o tiredness threatened tae owertake her. She sat herself doon on a muckle flat stane next tae a rowan tree which was resplendent with red berries. Having caught her breath she started tae relax in the calm gloaming. At first she thought it was her imagination playing tricks on her, but when she held her breath so that she could hear better, there it was, clear as a bell. She was amazed tae realise that queer music seemed tae be coming frae underneath the very stane she was sitting on. 'That is surely a fairy piper, cos I've never heard a mortal piper play as bonnie a tune as that.' She reached ower tae the rowan tree an plucked a wee twig frae it tae protect herself. The rowan was often used as protection frae the fairy folk. Then she rolled aside the flat stane tae find, as she had expected, that it had sheltered the entrance tae a green cave in the braeside. Keeking inside the cave she was taken aback tae see six wee women in green gowns sitting in a circle. Yin o them was working away at a spinning wheel. As the shuttle clacked away tae an fro she sang:

Little kens ma dame at hame
That Whuppity Stoorie is ma name.

Withoot another thought the young wife stepped further intae the cave an greeted the Wee Folk with guid grace. They nodded in her direction in response. It was then that she noticed that their mooths were as lopsided as a fir tree in a gale. When she noticed the fine hanks o threids that Whuppity Stoorie was spinning it sorely reminded her o her ills, an in doing so she couldnae help but burst oot greeting. The tears were streaming doon her cheeks. Yin o the fairy ladies spoke oot sympathetically, 'Why dae ye greet so sorely ma lass? Dae ye nae have the finest velvet gown upon yer back, an sperklin jewels that would turn the heid o many a fine lady? Whitever can be yer want?'

'Whilst ma man is away on a journey I must spin for him a hunder hanks o threid tae prove ma proper worth tae him as his wife, but try as I might I cannae spin even yin worthy o the name. So when hae comes hame, if I havenae done his bidding, even though hae loves me truly in his heart, hae'll throw me oot an take another wife in ma place.'

There was silence now amongst the six wee ladies. Then their eyes swivelled tae yin another in turn. Then they aw burst oot laughing in a lopsided fashion.

'Howts, is that aw yer problem is?' started Whuppity Stoorie. 'Aw ye need dae on the day that yer man is due back frae his travels is tae invite us tae supper that same night, an ye'll have nothing mair tae worry aboot.'

The young wife looked at aw their smiling faces an felt a great sense o relief. 'Tae be sure I'll invite ye tae supper on the day o ma husband's return. Ye will be mair than welcome. If ye can help me oot wi this I will be very much obliged tae ye aw.'

It became apparent tae her that no another word was needing said an that it was time that she left the fairy ladies tae their ain devices, an so after giving them a wee nod she stepped back oot o the cave. She then managed tae shunt the muckle flat stane back intae position in order tae bield the entrance tae their cave. When she got back tae the hoose she kept away frae her spinning room. She was happy now, for she kent that the fairy folk always kept their word, so her problems were at a finish.

Her man came back on the very day that hae was due. The journey seemed tae have served him weel, in that hae came back in far better fettle than hae had left with. Hae smiled broadly, wrapped his arms aroond his wife an kissed her ever so tenderly. Aw the time though the young wife was expecting him tae ask her aboot the hunder hanks o threid. Whether it was on his mind tae do so she never did find oot because afore very long the servants announced that the supper was ready in the dining room.

As they made their way through her husband couldnae help noticing the six extra places that had been set at the dining table. 'Six extra places, wi six wee stools, whit's aw this?'

'Ach weel, I invited six wee ladies tae dine wi us tae help celebrate yer return,' announced his wife airily.

Just then they heard a scrabbling an a shuffling in the hallway. In the very next moment the six wee ladies burst intae the dining room full o laughter an smiles. The young wife had been a bit concerned aboot how her man would take tae their six wee guests, but she need not have given it a second thought, for hae was charm itself as far as they were concerned. The room was lightened by laughter throughoot their fine supper.

Towards the end o the evening the husband turned tae the ladies yince mair, 'But tell me ladies there is something I have been curious aboot aw night, why is it that the six o ye have the same lopsided mooths, as if they were pine trees in a gale?'

At this point the young wife didnae ken where tae put herself. This wasnae a question ye wanted tae ask o guests lest ye put their noses oot o joint. However, she need nae have fashed herself.

'Aw weel, ye see,' started up Whuppity Stoorie herself, 'we're aw great spinners. We're never done spinnin. Spinnin is oor life an it's the spinnin that does it. Ye cannae expect tae be a great spinner an keep a straight mooth in yer heid.'

At first it seemed as if her man might have wanted tae say mair as, o course, hae had a great appreciation for the spinning, but instead hae grew very peelie-wallie as hae looked at his bonnie young wife, an then hae keeked at the six wee ladies. Hae wore the eyes o a very trauchled man, an took very much a back seat in the rest o the evening's conversation.

Yince the six wee ladies had said their fareweels an taken off intae the night, the husband took his young wife warmly in his arms, whilst giving strict instructions tae the servants, 'Take thon spinin wheel frae ma wife's room an aw the makings an see tae it that they're aw burnt tae ashes. I will not have the fair wife o mine spin another threid in aw her days. For there is nae surer way tae get a lopsided mooth than spin, spin, spin aw day long.'

The young wife's heart lowped with joy when she heard this, an frae that day onwards the young couple lived a life o happy contentedness, an there was never the clack o a shuttle tae disturb their peace.

7

A WEAVE
O WITCHES

BY RUBIESLAW

A long time ago there was this poor shepherd walking up by Rubieslaw on his way tae Hawick market. The shepherd might hardly have been worth a second glance were hae not wearing the maist fantoosh plaid draped aboot his shoulders tae keep oot the bitter winter chills. For the fine cloot was made up o blues an greens, but with narrow threids o whin-bush yellow in there as weel. Such a

braw closely woven plaid wouldnae have looked oot o place on a laird. The shepherd's auld plaid was tucked under his arm. The wind an rain ower many seasons had seen tae much o its substance an it was now close tae see-through in places, yet hae was still hopeful that hae could sell it for a few much-needed coppers at the market.

How the poor shepherd came by such a fine plaid, tae allow him tae rid himself o his auld yin, was the subject o yin or twae stories at the time. Hae lived with his daughter, mair o less in the shadow o the muckle hill Rubers Law, atween Jethart an Hawick. They were ever sae frugal, an only went tae Hawick market for the likes o salt an sugar an a yowe if they needed yin.

As the years went on the daughter became aware that her father's plaid was getting thinner with the ravages o each passing winter. She did her best tae gather as much wool as she could that had become hanked on the whin an bramble bushes so that she might collect up enough tae buy her father a new plaid, but such money that she was able tae earn each year frae this would always end up going on vital provisions they needed tae see them through.

Now the folk that bide aroond Rubieslaw, whether they were kirk-goers or not, were aware that the fairy folk lived in the heart o the Rubieslaw hill, an come night-time naebodie would dare set foot on the slopes o that particular hill, for that was the time that the fairies were afoot. If it was a still night or the wind was going in the right direction, folk would hear reverberations o strange magical music frae the fairies in the midst o their revels.

There was yin time frae years back that folk often talked aboot. There had been a wedding that three young laddies had been at. After a fair bit o drink had been taken, an the night was coming tae a finish, yin laddie mair gallus than his friends insisted on going hame by the way o Rubieslaw, in spite o the other lads urging him no tae. Neither hide nor hair was found o him, regardless o aw the searching that was done by everybody roond aboot. Only his woollen cap was discovered in the bracken. It wasnae till yin morning many years later that his great grandson was coming ower Rubieslaw when hae came across a young stranger who seemed a wee bit familiar.

'Who are ye an where are ye heidit?' hae asked.

'I'm none other than Tam Scott. I was oot dancin at a weddin last night, an now I'm on ma road hame, if ye would like tae ken.' But even as hae spoke the stranger grew auld in front o the great grandson's eyes. Hae turned white an bent an wrinkled, an as hae uttered the last word hae just crumpled on tae the ground, where hae crumbled away like an auld leaf intae a wee pile o stoor. There was a mournful whistle in the wind as it sent the stoor up intae the air, where it swept away in clouds.

Weel the poor shepherd an his daughter were kirk-goers, an they didnae go near Rubieslaw at night, nor did they go aboot the auld witch that lived with her black cat at the side o the hill in a tumble-doon cottage. However, oot o respect they did say hello tae her in the passing, as she was often oot gathering herbs an roots an the like. An when bad weather came in winter time the shepherd an his lassie would regularly see tae her, by leaving peat an kindling an oatcakes on her doorstep. They would always let the auld woman ken by giving the door a bit o a chap as they were leaving. They would never see her stuck.

Yin morning just before midsummer, the lassie came hame an said tae her father, 'For three days I have gone doon tae the river for water, an every time I look ower tae Rubieslaw the door o the witch's hoose has been shut. Shut, in the summer wi the sun shining? An there has been nae reek frae her lum neither!'

Weel, they both kent that she had nae family or friends tae away an visit, an the only folk that came in aboot her were folk wanting their fortunes read, or were after love potions or charms an the like. Besides on sunny days she was always tae be seen sitting by her door spinning or seeing tae her plants.

'If there was anything wrong wi her somebody would've found oot by now surely,' said the shepherd.

'Twae times I've seen women caw on her door an get nae answer,' remarked the lassie.

'Weel, as ye ken, I dinnae want tae be going in aboot her, for I doot she's in cahoots wi the fairies, but just like I cannie leave a newborn lamb tae fend for its sel, I cannie lea the auld woman tae suffer on her ain neither.'

So the shepherd got some peat an kindling together, an the daughter put a wee parcel together o black pudding an some scones she'd made. When they got tae the witch's hoose her door was shut, the window was shuttered an there was nae sign o reek frae her lum. The shepherd chapped on the door a fair pickle times, but the only thing that could be heard frae inside was the yowling o the cat. The shepherd then decided tae put his shoulder tae the door. The latch on the inside gave way as soon hae did so, an the door both shuddered an sprang open. Before they could enter the cat ran oot an heided towards the river. The witch was lying on the floor face doon, not moving.

'Is she deid, Father?' The shepherd hunkered doon an took a right guid look at her.

'Naw, she's still breathin. She's dunted her heid though an bruised her arm. She must have tripped an fell.' The twae o them lifted her up an laid her on her bed. The lassie went doon tae the river tae fetch some water, tae gie the witch something tae drink an dab her brow, whilst the shepherd lit a fire. With the effects o the cauld water on the witch's face an hands her eyes opened, an the shepherd an the daughter explained how they'd found her. Whilst the shepherd mended the sneck on the door the lassie made some thin porridge oot o some goat's milk for the auld woman tae take.

Thereafter the shepherd came up twice a day tae see tae the fire, an the lassie came up twice a day tae see tae the witch's meat an put doon milk for the cat. Whilst they were there the auld witch watched every movement wi her derk sparkling eyes, but she didnae say a single word. On the seventh morning when the shepherd an his lassie went up tae see her the cottage door was wide tae the wall. The witch was ootside busy spinning wool intae fine yarn. The shepherd an his daughter were o course delighted that the witch had made such a quick recovery. Not just for the witch herself, but it meant that they could get back tae their ain chores that had been mounting up back at the hoose. Alas though, that wasnae tae be. Before they kent where they were the witch was telling the lassie that she was tae come up every day tae weave the yarn that she'd produced frae the spinning wheel, because she wasnae yet strong enough tae do so herself. Neither father nor daughter said anything in response, each thinking that the other was under the witch's spell, both equally flabbergasted.

By way o explanation the witch said, 'Ye helped me when I didnae ask ye tae, an now that I do ask ye tae ye can hardly turn me doon now can ye? The lassie will come tae nae harm. I gie ye ma word.'

An so it was that the shepherd's daughter went up tae work for the witch for twae hours every day. She would set up the loom wi blues an greens an a wee bit o yellow as instructed by the witch. When the warp was closely spaced an taut she started tae weave. The mair she wove, the colours grew brighter on the loom, an she began tae wonder what roots an lichens the witch had used tae extract the colours, as she'd never seen such bonnie shades before. But she was never able tae summon the nerve tae ask the witch. As the lassie wove the witch murmured a queer haunting tune that seemed tae encourage the rhythm o the flying shuttle; an as time went on the lassie found herself in some strange happiness humming the very same melody as the witch.

When it was finished it was a richer plaid than the lassie had ever seen on the shoulders o lairds an wealthy farmers. The witch told her tae sew up a corner tae serve as a muckle pocket, intae which a lost lamb could be put tae keep warm, whilst the mother was sought oot. This having been done the witch instructed the lass tae spread the plaid oot on the grass in front o her door. 'It'll rain for three days, an the sun in atween times will finish what ye've started. When the first frost touches Rubieslaw come back here.'

The rain cleared after three days just as the witch had said it would. Then late autumn sunshine gave way tae the first frost o the back-end. The plaid had been shrunk by the rain an softened by the following sunshine. Such a plaid would keep oot the bitter-est elements that swept aroond the hills in winter.

'Heuch,' said the witch fiercely tae the lass, 'Take it. Do what ye want wi it.'

Now for the first time the shepherd's daughter looked blankly at the witch.

'Ye came tae help me when other folk forgot me,' she said by way o explanation.

There was never any question aboot what the lassie was going tae do wi the plaid, even though it would have fetched a lot o siller, she handed it straight tae her father.

So there was the shepherd tramping ower the side o Rubieslaw nearest the Teviot Water on his way tae Hawick market. His eyes were turned upwards as hae roamed aboot in the quiet o his thoughts, when hae suddenly heard the awfiest stramash o women's voices. Hae could hear them clear as a bell, but could see neither hide nor hair o the owners. Some voices were laughing away an others were yowling away or greetin. Just then hae managed tae make oot some words. 'There's a bairn born, there's a bairn born.'

'Aye, but there's nothing tae put on it.' It was then the shepherd realised that a fairy bairn had been born, causing some o the fairy women tae cheer an celebrate, whilst others tae lament the lack o any claes tae wrap the bairn up warm.

Hae was fair dumfoondered tae suddenly find himself in the midst o a lot o invisible folk given the remoteness o the moor. They were far away frae the sort o help that was needed. On hearing the cry for claes ower an ower again the poor shepherd decided that hae would have tae gie up his plaid. Hae was just aboot tae hand ower the auld plaid frae below his arm, but in handling the article hae recalled how little warmth there was tae be had frae it. So instead hae took off the braw new plaid hae had aboot his shoulder an flung it on tae the ground. It was immediately lifted by an unseen hand. As it did so the lamenting stopped an the soonds o celebration seemed twice as loud.

Surmising that hae'd done the right thing by the invisible folk, hae set off at a brisk pace for the market. In spite o the guid turn hae'd done hae could nae help feeling bad for giving away the braw plaid his daughter had spent so many hours making for him. Even though, at the same time, hae kent it couldnae be helped, that hae would do the very same again, given the same circumstances.

So taken up with such thoughts, hae found himself tae have wandered off the track that was familiar tae him. By the time hae got tae the market hae found that trading was aw but ower. The farmers an the shepherds were away, an the pens were aw empty except for yin. There was a gey queer-looking wee man wi a beard doon tae his chest that had six fat sheep. The shepherd looked at the sheep thinking that they were very fine an just what hae needed, but that hae would be lucky if hae could afford even yin yowe the likes o them. However, as if in a wee bit o a dream, hae found himself asking how much the man wanted for them.

The wee man's eyes twinkled as hae looked at the shepherd, 'Oh weel, just whatever ye have in yer pocket.'

'The thing is, I still need tae buy the things ma lassie needs for oor meals,' explained the shepherd.

'In that case,' said the wee man, 'I'll take half.' Hae reached oot an took the siller frae the shepherd's hand. 'The six yowes are yours, an guid luck goes along wi them.' The wee man turned away an was just aboot tae go, when hae paused an turned back tae the shepherd. There's some braw wool at that stall ower there. I'd away an buy it an get yer daughter tae weave ye a new plaid, for that yin ye're wearing winna keep the cauld oot o any man, woman or greetin bairn.'

So at the finish up the shepherd came away frae Hawick market withoot his plaid an any jingle tae his pocket but kent hae had a fair bit wealth in the six fat yowes, as weel as the balls o wool.

An yet it was wi some hesitancy that hae stepped ower the threshold intae his hoose. However, hae need nae have fashed himself, as his daughter immediately said tae him, 'That's aw right father. Ye did the right thing. I wouldnae have expected any the less o ye. I dinnae think ye were meant tae have thon plaid anyway. I kent frae the start that the witch had learnt tae weave an dye the cloot an whatnot frae the fairies. I doot the fairies werenae very happy when the witch gave the plaid away tae us ordinary mortals. They wouldnae want us tae ken their secrets. Mind you, I reckon they could have just stolen the plaid back any time they liked, but they gave ye a chance tae gie it back o yer ain accord. I'm sure the six fat yowes are yer reward for doing so.'

The shepherd's daughter soon made another plaid for her father wi the wool hae'd brought frae the market. Though it wasnae up tae the mark o the yin she'd made him previous, it seen him through many winters. An as for the six fat yowes, they set the herd an his daughter on the road tae prosperity with aw that that entails. At least, that's the way I heard it.

DELORAINE FARM

It so happened that long ago tailors would hire themselves oot tae neighbouring farms for the day in some o the mair ootlying parts. Then at night they would return tae their village workshops. Now yin time a tailor frae the village o Deloraine along with his men an apprentices were asked by a farmer's wife tae go tae a nearby farm. The farm was situated in Ettrick Forest. So the tailor an his men showed up nice an early as instructed for the day's work aheid. In fact they were that early they were invited tae share the family's breakfast o porridge an milk. Sitting doon at the table aw the tailor's men remarked what grand tasting milk it was, they'd rarely had such guid milk. An so as a result o their relish for the milk the jug was soon tae be found gey near empty.

'That's awright,' said the farmer's wife, 'I'll just away an fill it up again.' An away she went intae the kitchen.

Weel yin o the apprentices, a bright-eyed fella that didnae miss much, thought this kind o queer, in that hae'd clearly heard a bit earlier on somebody in the kitchen say, 'That's the last o the milk that's in the jug, there's nae mair in the hoose.' So the apprentice got himself up frae the table, went ower towards the kitchen an keeked roond the door. Hae was just in time tae see the farmer's wife turn a spriggot in the kitchen wall. Lo an behold a stream o milk started tae pour oot an intae the basin below. Yince the basin was gey near full the wife screwed the spriggot the other way till the flow o milk stopped. She then lifted up the basin an took it in so the tailor an his men could finish their breakfast.

Just aboot noon yin o the men complained o having a right drooth, an hae fair wished that hae could have some mair milk as guid as hae'd had for his breakfast tae quench it.

'That's nae a problem, I can see tae that,' said the laddie that had seen how the wife had gotten the milk frae the spriggot. An as the farmer's wife was naewhere tae be seen, the young apprentice took the basin intae the kitchen an put it below the spriggot on the wall. Hae then turned the tap on, an right enough milk started tae pour intae the basin. When hae'd catched mair than enough milk hae screwed the tap the other way, but alas this had nae effect on the flow o milk. Nae matter what hae did the milk didnae stop scooting oot. Hae shouted tae the other laddies tae fetch bowls an pails an whatever they could lay their hands on till hae could get that tap off. But nae matter how hae twirled an screwed the spriggot it had not the slightest effect on the flow o milk. As they were filling every container they could find, the other laddies had a go at screwing the spriggot off, but they couldnae get the milk tae stop either.

At the finish up the farmer's wife came in fair roosed an wi a face as black as thunder, telling the laddies that they'd drawn the milk oot o aw the coos frae the heid o the Yarrow tae the foot o the Yarrow. It should be said that that amounted tae far mair coos than belonged tae the farm itself.

Frae that time on the womenfolk o Deloraine served up tae tailors an other men nothing but mashed tatties an cabbage.

The story o course hinges on the belief at the time that witches could steal other folk's milk frae under their noses by the use o sympathetic magic.

Forby the method described in the story, the other common way tae supplement yer milk supply was tae make a rope frae the tail hairs o aw the coos that ye wanted tae supply ye, but ye had tae plait it in the opposite direction. Also, ye needed tae tie a knot in the rope tae represent each o the coos. Then, any time ye needed milk ye just gave a wee pull on the rope. This was done in the Devil's name an was cawed a hair tether.

The Phantom Hand

The laird that lived at Littledean Tower was a scunnersome fella. Hae used tae beat up his wife gey often, an would miscall her even mair often. His wife, in comparison, was a very canny guid-hearted soul that never had a bad word tae say aboot anybody. Even so the constant leatherings an cruel taunts were becoming ower much for her. The only friends the laird had were sleekit, scunnersome men that just hung aboot him for what they could get.

Yin night when aw his cronies had been roond at Littledean Tower drinking, the laird announced tae aw his friends that a Devil frae Hell would make a far better wife an lover than the yin that hae was lumbered with.

Margaret, his wife, stopped where she was an glowered at her husband straight in his eye, an in front o the whole company she said, 'Ye will live tae rue those words.' The laird in turn didnae ken what had come ower his wife, an was fair taken aback as hae never kent she had such a fire aboot her.

Later on that night the laird decided tae go oot tae get a bit o fresh air an sober up, so off hae went on his horse. But before hae'd gone very far the night grew suddenly derker an caulder an hae started tae hear the rummle o thunder approaching. As the

thunder grew louder an the doonpoor got heavier, hae found himself drawn in a particular direction, as if by some unkent force. By this queer force hae was brought tae a wee cottage. Hae quickly tied up his horse an went tae caw at the door in an attempt tae get oot o the rain. It was a bonnie young woman that answered, an the Laird o Littledean was immediately transfixed an enchanted by her. It turned oot that the young woman lived there by her self.

Thereafter, whenever the laird left hame hae would somehow find himself at the young woman's hoose. Very soon the twae o them were very guid friends, an no so long after that they became lovers. Now being the sort o fella that just did whatever suited himself, it didnae take very long before word got oot aboot the laird lavishing his attentions on this young lass, an it wasnae very long after that that his wife Margaret found oot aboot the affair. When she did she decided that she would face up tae the other woman, an she got together a pickle o her friends tae help her. (The Border folk took an awfie dim view o any 'other woman' that was trying tae break up a marriage. When such a woman was caught she would have the sore humiliation o being tethered tae a pole an hoisted up, then paraded through every toon an village roond aboot, then clashed in the closest stretch o water.) The agitated women gathered roond a thick o trees an moved slowly inwards, leaving no a bush upturned an no a ditch unchecked. In spite o this nae trace o the lassie could be found. The only life they came across was yin or twae birds that wheeched oot o the bushes an flapped through the trees, an also a hare that zigzagged aboot on the lookoot for somewhere undisturbed tae hide.

Later on that night, after hae'd been drinking with some o his nae-guid friends at twae or thrie o the local howfs, the laird was riding hame tae Littledean when a throng o hares started tae chase after his horse. The poor creature was fair gliffed by the hares as they lowped an danced in front o its eyes, an so it took off like the living wind. But nae matter how hard that horse ran the hares still kept up, lowpin an dodging.

By now the laird had his sword oot an was swinging it up an doon an roond aboot in an attempt tae scare the hares off an maybe slow doon his startled horse. But on the horse went through the moonlit forest. Finally, with a wild slash, the laird managed tae slice off the paw o yin poor hare. The blooded paw flew up intae the air an just happened tae land in the pocket o his jacket.

Then when they came tae the village o Midlem, a common meeting place for witches frae miles aroond in those days, the hares gave up their chase.

Yince the laird got back hame, fair gliffed by his queer encounter, hae told his Margaret aw aboot it. Tae prove what hae was saying tae her, that it wasnae just the drink talking, hae went tae fetch the blooded hare's paw. But when hae came back hae didnae carry a hare's paw in his hand at aw, but a woman's hand, which was still moving as if still alive. In a blind panic the laird took a knife tae the hand, stabbing the palm o it a fair pickle times, before taking it away an clashing it intae the River Tweed.

In the early oors the following morning, the hand turned up again at Littledean. This time hae tied it intae a bag alongside a heavy stane an went an threw it intae the widest stretch o the Tweed. Then on his way back tae Littledean the laird thought hae saw the back o his lover, an so hae shouted oot tae her. When she birled roond, however, her face was aw covered in lines, as if the bonnie lassie hae'd kent had aged aboot seventy year.

Then she raised her right arm. The arm ended at the wrist in a bloody stump. The hand was missing. The laird was fair gliffed at the sight an rode off back hame as fast as hae could. But when hae got back tae Littledean the scunnersome hand was there before him tae welcome him hame. This time hae grabbed the wriggling thing, took a set o tongs an thrust it intae the fire till it roasted in the flames.

The next morning the servants found the laird deid in front o the fire. There were derk marks aboot his thrapple as if hae had been strangled. Indeed those that saw the body reckoned that the laird had been throttled by a hand. The disembodied hand, perhaps having done its work, was never seen again.

We dinnae ken what happened tae the laird's guid wife Margaret, but I'm thinking that it must have been some sherp glower that she had fired at her man after hae'd sorely insulted her in front o aw his friends, tae so trauchle him intae making such efforts tae try an sober himself up that night. That, o course, set up a whole chain o events that saw aboot the laird's demise. With such a fire within her, I'm thinking that Margaret would have shaped a far better life for herself than the yin she'd had with the Laird o Littledean.

8

A Border Wizard

Michael Scot

Some time in the thirteenth century there were three young men frae the North who decided tae journey doon tae Edinburgh tae learn tae be stanemasons. Now at yin point they had come ower a particularly high hill, thought tae be yin o the Grampians. Nae sooner had they gotten ower an were sauntering doon a lower slope then far up the hill a muckle white serpent spied the three men. Weel it reared up an curled itself intae the shape o a wheel an came wheeching doon towards them at an awfie lick. Michael Scot was left standing by himself, as his twae friends made off like the living wind. The thing was that Michael was feart o nothing living nor deid. So hae just glowered at it as it threw itself intae a coil at his feet. Then it raised itself up in tae the air till it towered ower him. It opened its jaws tae a mooth full o teeth, slaivers an forked tongue. It hissed as it pulled its heid back, in readiness tae strike the fatal sting.

But Michael gave it such a wallop with his stick that the serpent was split in three afore it kent what had happened. An by then, o course, it was stane deid by Michael's feet. Hae then ran off tae catch up with his twae friends.

It was late by the time they reached a toon, so they immediately sought oot a howf for somewhere tae rest their heids. On speaking with the landlady Michael's twae pals were fair bursting with the adventure o what had happened tae them with the white serpent. Michael for his part said very little. As the auldish, squarely built woman listened she held a steady gaze. There was mair brightness present in her eyes than the candlelight o the room could offer. 'Are ye sure that the serpent was deid? It's nae ordinary serpent ye ken. Yin time there was a brave fella that cut it in twae, but at the hinderend it crawled doon tae a burn an managed tae join itself back together again, on accoont o the healing waters. Aw serpents dae this after bein cut by folk. On the other hand, if a man has been stung by a serpent, an manages tae get himself doon tae the burn afore the serpent the man will be cured an the serpent will die.'

'Ye have a braw knowledge o the mysteries,' said Michael in wonder.

'Mind what I say though, for when the serpent has healed itself it'll come after ye.'

'Ach, dinnae fash yersel on ma accoont, I'll no be crossin that high hill again.'

'It disnae matter whether ye do or ye dinnae, thon serpent will come after ye wherever ye go. It will search ye oot.'

'How can Ah protect masel? Have ye any advice on that?'

'There's only yin thing ye can dae aboot it. Ye have tae go back tae the place ye slew it, find the middle bit, an bring it back here tae me. I will deal wi it for ye.'

An so it was, the very next day Michael Scot left his pals in their beds an hae set off early tae that place below the hill. On searching aboot the grass hae soon came across the slairgit tail, an then hae came across the slairgit middle section, but nae matter how hard hae looked hae could find not a sign o the serpent's heid. This suggested tae him that the wise woman had been right in what she had told him. So withoot further ado hae lifted up the still-quivering middle section, slung it ower his shoulder an set off back tae the howf afore the night could faw.

When Michael Scot got back tae the howf an handed ower the still shoogling middle o the serpent tae the landlady, she was that pleased that she made the grandest dinner for him an his pals.

She treated them mair or less like royalty. Weel, being full o dinner, full o drink an full o cheer it wasnae long afore his twae friends took tae their beds. Michael stayed put where hae was, because hae was curious as tae why the guid-wife had treated them so weel, an had been so cheery when hae had handed ower the bit o the serpent. So hae pretended tae be in pain, an so went tae sit in the kitchen, claiming that the heat o the fire there might soothe his pains. Hae sat in a chair by the fire an asked the landlady if hae could just sleep there by the fire, tae which she agreed. So whilst hae pretended tae sleep she put the length o serpent in a muckle pan an put that pan on the fire. After a bit the meat in the pan started tae frizzle an the woman came through frae the other room tae check the meat. She lifted the lid an looked in. Then she took her finger an dabbed at the serpent meat. At the very same time the cock that was on the roof o the hoose crawed a near deafening craw. Michael was gliffed. Hae couldnae help but open his eyes.

'Ah thought ye were asleep,' said the guid-wife.

'Weel Ah have tried, but Ah cannie really sleep for the pain.'

'Weel, whilst ye're waken ye can be o use tae me. Keep an eye on that pan an see that it disnae burn. Gie me a shout when it's right cooked, but be sure an no touch the meat afore I do.'

'Fine, I'll dae that for ye.'

'After ye let me ken when the meat is ready I'll cure yer trouble.' With that off went the landlady for a lie doon. So hae watched the meat cooking away till hae deemed that it was ready. Then hae did what she had done. Hae took his finger an gave the meat a poke. But lo an behold the meat burnt his finger, so hae immediately stuck it in his mooth. Nae sooner had hae done so than the cock on the roof let oot the awfiest craw. It was that loud that the guid-wife woke up an screamed.

New light an knowledge coursed through Michael, like a brisk wind through a field o long gress, foretelling o future events, revealing magic cures, filling him with aw sorts o wisdom an the ability tae read folk's minds. After his heid had stopped birling with aw this new knowledge, an hae could focus on what was in front o him, his eyes rested on the muckle landlady. She sighed sadly, 'Ye didnae caw me through when the meat was ready when Ah askit ye?'

'It was me that slew the serpent. It was me that had the right.'

'Ah dare not tell ye off for the powers ye have aboot ye now. Howts, ye can even make the fairies lowp tae yer commands. Aw Ah ask o ye now Michael is for yer friendship.'

'That's easy granted,' smiled Michael, 'withoot yer wisdom Ah wouldnae have had aw this knowledge, an Ah would have been stuck wi thon serpent on ma tail.'

The wise woman had many questions for Michael, an so they sat up together till dawn. Michael found that hae could answer each question.

After they aw had breakfast an the three friends were preparing tae leave, the guid-wife gripped Michael by the sleeve, 'Here now, mind an dinnae forget me. Ye owe me a lot ye ken.'

'I shall never forget what ye have done for me, ye can be assured o that.' Michael smiled at her, an with that turned an made off doon the road with his twae pals.

The three men walked aw day till the sun went doon an the gloaming came in its place. Yin o the men said, 'Weel there's not a hoose in sight Ah doot we'll just have tae sleep in the heather tonight.'

'Not a bit o it,' said Michael, 'we'll sleep in Edinburgh tonight.'

'But Edinburgh's still a day's walk away,' said yin o the friends.

In answer Michael laid his staff on the ground. 'Let the three o us sit oorsels on this staff an then we'll see how we fare.' The other twae men didnae ken what tae make o this, but had seen enough on their journey with Michael tae just go along with it. So they got themselves doon. When they'd settled themselves on the staff Michael said, 'Right then, hold on tight.' Nae sooner had hae said this than the staff was off like a streak o lightning. As they sped through the gloaming air Michael's pals hung on for dear life. As they travelled on high in the sky it started tae snow. The men were fair chittering with the cauld as they soared higher than Ben Nevis. Night was fawing an the stars started tae pierce through the murk yin by yin. Eventually the staff began tae descend, an Michael brought it doon on the ootskirts o Edinburgh, so they wouldnae draw attention tae themselves.

By an by they walked intae toon, saying nothing tae each other. As they were walking beneath a lighted lantern a man coming in the opposite direction was aboot tae pass when hae stopped tae stare at the three friends. 'Why dae ye glower at us strangers?' asked Michael o the man.

'Weel, there is not a sniff o snow in the air tonight, but just look at aw the snow on yer shoulders.' Aw o a sudden the man took tae his heels, thinking that hae had been talking tae fairies or wizards, the very ilk o folk hae kent no tae have anything tae dae with.

The three men sought oot lodgings for themselves, but by morning there was nae sign o Michael's twae friends. They had fled before Michael had awoken. Hae smiled, 'I bear them nae ill will. It was time they were on their way, an I prefer tae be on ma ain now.'

Michael soon became a famous builder. Mind ye, did hae no have a big advantage ower aw the other builders? Ye see when hae was building a hoose, come night-time hae would just caw in the fairies, an they would dae the maist o the work for him.

Yin time when Michael Scot was travelling away up north making for Inverness hae came tae a flooded river. As the ford couldnae be crossed a number o travellers had stopped on the banks unable tae go any further. 'It's an awfie pity there's nae bridge,' said yin o the men tae Michael.

'Weel, it so happens Ah've come here tae build a bridge, an the workers that'll build it will dae it the night.' The men that overheard this proclamation just burst in tae kinks o laughter. An the straight face that Michael had on just made the whole thing aw the funnier.

However, when the men woke the next day, nae matter how hard they rubbed their eyes they couldnae scrieve away the image o that bridge. There it was, clear as day. An when they tried it with their feet, an then wi the hooves o their cattle an their horses, the bridge remained there. The bridge remained there when the astonished an speechless folk had crossed ower the river on it. The bridge remained where it was for many many years after that. Indeed, for aw I ken it might still be there. But what didnae remain where it was was the news o Michael's incredible feat. News o Michael's bridge was properly ignited in Inverness, an soon spread far an wide.

As time went on, Michael's fairy workers wanted mair an mair work, an if on any given night the wizard couldnae come up with enough work for them they would get intae the maist awfie mischief. This meant that everything roond aboot would finish up upside doon an inside oot. It didnae dae tae let their wee hands faw idle at night. 'Work! Work! Work!' was their motto an their persistent chant as they worked away like the chirruping o so many crickets – an if guid work wasnae tae be done, bad would just have tae dae in its stead.

Yin day aroond this time, in an effort tae gie the fairies a task beyond their powers, Michael instructed them tae close off the Inverness Firth an cut off the sea. By the sheer volume o water that the river carried by night an by day hae reckoned that the task would be beyond even them. However, by morning the River Ness was close tae bursting its banks. Michael quickly sclimmed a hill an looked towards the sea. Frae there hae could see that the fairies had nearly finished their work, having laid oot twae long promontories which jutted across the Firth. Not till the tide turned did the waters eventually subside. That night hae asked the fairies tae open up the Firth again by destroying the promontories. The moon was up that night, so when a holy man came along hae was able tae see the fairies working away like stoor in a gale. The man was that feart that hae promptly fell tae his knees an started praying for aw hae was worth for the protection o the guid lord. Immediately the shoogly muttering o the holy man caught the lugs o the fairies an they fled in a trice. This meant that what remained o the promontories was left with lots o bits jutting oot like crab claws. Yin such bit became kent as Chanery Point, an on the opposite peninsula now stands Fort George. This was an ideal position tae build such a fort in order tae prevent enemy boats sailing in tae Inverness.

Even though the fairies were unable tae complete this task they still showed up the following night with their 'Work! Work! Work!' an Michael had tae think o an impossible task tae keep them working throughoot the night, an therefore keep them oot o mischief. 'Away an make me rope ladders tae reach aw the way tae the back o the moon, made oot o sea-sand an white foam, otherwise kent as millers' suds.'

Although they put their aw intae the task, the fairies couldnae complete this job, an so it was that Michael was at last free o the fairies. However, the residue o their work can still at times be seen in wreathes o foam an ropes o twisted sand at the seaside today.

Michael Scot was kent as a great scholar, as weel as an architect an a builder. Hae devised a metal conical hat so that if any masonry should slip frae owerheid hae would be protected by the hat. Alas, yin day hae deemed fit not tae wear his conical hat on a particular building site, an a stane came doon an killed him ootright. That conical hat became kent as a wizard's hat, evolving intae the image that we're aw familiar with today. Michael Scot's reputation spread intae England an Europe, an it's thought that Scotch Corner is named in memory o him.

THE DEVIL'S TUNE

When Michael Scot the wizard was biding at Aikwood Tower hae heard a lot o stories aboot the witch o Falsehope. Eventually hae decided tae go an find oot the truth o this for himself. Hae set off with his servant across tae the other side o the River Ettrick an up intae the hills above Falsehope Farm. The wizard an his servant then made their way doon tae the farmhoose. The servant stayed ootside whilst Michael Scot went intae see the wifie. But when Michael asked the wifie if she dealt in magic she immediately denied any knowledge o such a thing. Anything hae put tae her aboot witches an the like she flatly denied. At the hinderend, just tae see what would happen, the wizard planked doon his wand on the table. Quick as a flash she picked it up an skelped his lug wi it, stunning him. As hae tried tae come tae his senses hae could feel its power take a grip o him. It started pulling him this way an that. Then it lifted him up an wheeched him right oot the hoose. His servant ootside took yin look at his master an immediately set the greyhoonds on him. Michael Scot realised by the shape that hae occupied an his slender but hairy front paws that hae'd been turned intae a hare. Hae immediately sped off in sheer panic wi the pack o greyhoonds at his tail. Whilst scurrying away hae didnae have the breath tae reverse the spell. Aw hae could dae was zigzag as fast as hae could go tae keep the greyhoonds away frae his tail. It took him aboot twae hours tae gie the hoonds the slip by hiding in his ain sewer back at Aikwood. Only then was hae able tae unravel the witch's spell.

Such a thing hae wasnae going tae let lie, an hae put in a fair bit o thought as tae how hae would get his revenge on that scunnersome witch o Falsehope. With this in mind hae sent his servant doon tae the farmhoose tae ask the wifie for a bit o bread for his empty belly.

Just as the wizard anticipated, the wifie had nae sympathy with his servant, wouldnae even gie him the time o day, let alone an auld dried bread-end, an chased him oot the hoose forthwith. However, unbekent by the wifie, the servant had slipped a bit o paper on top o the lintel just inside the door. On the paper was written aw sorts o cabalistical words, hidden marks, an this particular rhyme:

Master Michael Scot's man
sought meat, an gat none.

As the day went on an the men in the fields were cutting away at the corn, the auld farmer was wondering what on earth had happened tae his wife, as she was supposed tae be bringing doon the bread for the men an himself. So hae sent yin o his men up tae the farmhoose tae find oot what had happened tae her. A wee while after, when the fella hadnae come back, hae sent up another man tae find oot what the story was. A wee while after that, when neither fella had come back, hae sent another man up tae the hoose. Then after another bit time had passed an still none o his men had come back, the auld farmer decided tae go up tae the hoose himself tae find oot what had happened.

Given that three o his men hadnae come back tae the field the auld fella was gey cautious, an instead o just going up an lifting the sneck an marching straight intae the hoose hae decided tae have a

quick keek through the window. What a stramash was going on inside that hoose. The stamping an dunting an the vibrations o which threatened tae shoogle an crumble the very foundations o the hoose. The farmer's mooth fell open an his eyes poked oot frae his heid.

There was his wife an aw his men dancing aroond the fire (which was situated in the middle o the floor, as was the way o it in those days) as if they couldnae help it. They danced like demented zombies, sometimes through the fire itself, never missing a beat, although the music that they danced tae couldnae be heard by any ordinary lug. The pain o what aw the dancers suffered frae their ceaseless jigging was writ large on their sweating faces, an none mair so than his poor wife. Her muckle face was as red as a skelpit bahookie, an the tears were streaming doon her cheeks, an she was puffing away like an auld set o wheezy bellows.

The auld farmer immediately saddled his horse an set off up the hill as fast as hae could go. There hae met in with the warlock Michael Scot. Hae got doon on his knees an pleaded wi the wizard tae put a finish tae the spell that afflicted his wife an men. Being a guid-natured fella at heart, Michael Scot relented an told the poor farmer how tae put a stop tae the spell an thus stop his wife an men's terrible suffering. The farmer was told that hae had tae enter the hoose backwards. Then hae was tae lift the bit o paper off the top o the lintel wi his left hand, an aw would be restored tae how things were.

The farmer's wife lived quietly after that, an Michael Scot had nae mair trouble frae her.

MICHAEL SCOT GOES TAE ROME

In the auld days the Pope ruled Scotland. Way back then every year somebody had tae be sent frae Scotland tae Rome tae find oot what date Shrovetide would faw. This responsibility was always given tae somebody fairly important, someone who was intelligent an who could be relied upon. It was an important piece o information because the feast o Shrovetide regulated aw the other feasts o the kirk for the following twelve months. On Shrovetide, Lent began, an six weeks after that it was East, an so on an so forth until the end o the year.

This particular year Michael Scot, the famous wizard o Selkirk, had been picked for the task. Michael Scot was renowned for splitting the Eildon hills in three with his muckle sword. Michael Scot was an important man, so it was natural that a man like him would be chosen for such an important task. Unfortunately, due tae some other very important matters hae had tae deal with hae clean forgot aboot going tae Rome till the feast was already past at Candlemass. There was not a moment tae lose. Hae set off for the paddock withoot further delay. On reaching it hae could see the magic fillies, each with a white star on their foreheids grazing peaceably away. As they sensed his presence they each raised up their heids. They aw had the fairy look aboot them; it fizzed away in their golden eyes.

Michael Scot addressed the first horse, 'How fast can ye run?'

'I am as fast as the wind on any day,' she replied.

'Naw, that's nae fast enough for me,' said Michael, shaking his heid.

Hae went up tae the second filly an asked her the same question. 'How fast can ye run?'

'I am that quick that I can oot sprint the wind that comes behind an overtake the wind that goes afore me.'

'Naw, naw, that's still not fast enough for me.' Michael then made for the third filly. 'How fast can ye go?'

'I am faster than the black blast o March.'

Michael just shook his heid an then addressed the fourth horse, 'An how fast can ye go?'

'I am as swift as the thought atween a young maiden an her twae lovers.'

'Right then, ye'll dae for me.' An withoot further ado Michael lowped on tae her back an they were off tae Rome. The horse went that fast that sea an land were aw alike tae her shiny hooves, as they whirled through the white sea surf an the powdery snow o the mountains. Soon they had left the misty lands an grey seas far in their wake. They arrived right in front o the Pope's hoose on a golden morning, which befitted Michael's noble task.

Word was immediately sent tae the Pope that an important Scotsman had come tae see him. The Pope came at yince tae where Michael awaited him.

'I come frae yer faithful flock in Scotland seeking the knowledge o when Shrovetide will land this year afore Lent is by for another year,' said Michael.

'Oh, but I'm afraid you're too late in getting here,' said the Pope. 'By the time you get back to Scotland with the knowledge Lent will be long past.'

'Naw, naw, there is plenty o time. It's only a few moments ago that I left Scotland, an it need only be a few moments afore ma return.'

'But such a thing is impossible. What proof can you offer me as to the truth of what you say?'

Michael then held oot tae the Pope the bonnet that hae'd so recently removed frae his heid in respect tae his Holiness.

'Dae ye no see the snow on ma bonnet. Ye see in Scotland the hills an mountains are still covered in snow at this time o year.'

'Well, well, is that just not the most incredible thing?' said the Pope, shaking his heid. 'None the less I'd better give you the information you require without further ado. The first Tuesday of the first moon of spring is Shrovetide.'

When Michael heard the news hae was absolutely delighted, because whether the Pope had meant tae o nae, hae'd passed on tae Michael not only when Shrovetide would faw that year, but also the means o working it oot. Which meant that there would be nae need for anyone tae travel frae Scotland tae Rome tae learn when Shrovetide would faw each year, ever again. Michael had learned the secret o how the Pope worked oot when Shrovetide fell. 'I am greatly obliged tae yer Holiness,' hae said, an took his leave immediately. Hae mounted his magic filly an made the return journey back tae Scotland every bit as quick as hae'd come. Nae sooner was hae back than hae shared the happy news.

9

O Horses
an Hills

Canonbie Dick

Back in the eighteenth century there was a horse dealer frae
Hawick cawed Canonbie Dick. Hae was weel kent for his fearless,
gallus nature. Folk said that hae could sell horses tae the Devil an
come oot on top.

Yin night hae was coming up Bowden Moor on the west side o
the Eildon Hills with a pair o horses that, unusually for him, hae
hadnae managed tae sell at the market. Bowden Moor could be an
eerie place at times as witches often met there, but Canonbie Dick
didnae turn a hair. Just then hae made oot a figure in the murky
gloaming. As the figure drew closer hae could see that it was a man
with a long white beard dressed up in the like o claes that hadnae
been seen for several centuries. The man asked Dick if hae would
sell his twae horses tae him.

Weel, nae matter the lateness o the hour, Dick was always up
for a bit o business, as long as it was tae his advantage. So after
a bit o hard bargaining, the queer auld-fashioned fella payed
Dick for the horses with some ancient gold coins with unicorns
or bonnet emblems on them, which had never been in currency
since the 1500s. Dick had never seen the like, but when aw's said
an done gold's gold, an hae was coming away with a fair pickle o

it compared with the worth o the horses. 'An if ye get any mair horses I'd be glad tae tak them off yer hands.'

'Aye, aye, for sure.'

'I'll be here any night ye care tae chance along this way, but ye must always come alone.'

'Suits me, fella.'

Nae sooner had the man poured the coins intae Dick's oot-stretched hand than hae was off intae the night with the pair o horses.

An so it was, whenever Dick had horses tae sell hae would find himself making his way up Bowden Moor after the faw o the gloaming on the off chance o running intae thon queerly dressed stranger. An hae would always meet in with thon auld fella, who was always willing tae buy the horses that Dick had with him.

However, as time drew on Dick's curiosity grew. Who was this strange fella, an where did hae bide, an what was hae aboot? So the next time they met with each other up Bowden Moor, Dick said tae him, 'Take me tae yer hoose tae seal the deal, for a dry bargain's an unlucky yin, I'm thinkin.'

Now, the fella wasnae awfie keen, but Dick, being a gallus fella, kept on at him till the stranger agreed at the hinderend. 'Suit yerself then. Come hame wi me if ye like, but mind, if ye lose yer nerve at what ye see there, ye'll rue it aw yer life.'

This warning didnae greatly fash Dick, as the stranger had done nothing yet tae trauchle him. Indeed what hae'd said only served tae intrigue Dick aw the mair, an so hae urged the stranger not tae tarry. Hae led Dick up a path that trailed up intae the hills atween the southern an middle peaks. Then they came tae a hummock in the braeside o the Eildons, that is kent tae this very day as the Lucken Hare, because the shape o it resembles a hare. Indeed Dick had often come this way an kent the Lucken Hare very weel. Dick was fair taken aback, because for aw the times hae'd passed by hae'd never come across the great entrance in the side o the hill that hae was seeing now.

Just as they were aboot tae step inside the stranger stopped Dick, 'Mind, ye can still back oot withoot any harm tae yer character.'

'Lead the way ma friend, we've come this far. Besides the walk's given me a right drooth.'

An so it was that the stranger led Dick through the entrance intae a cavern. Yince his eyes had accustomed tae the light, Dick made oot rows o stalls. In each stall was a jet-black horse, an on each horse sat a sleeping knight in jet-black armour, an in the hand o each knight was a raised sword. But neither horses nor warriors moved, as if both horse an rider had been carved oot o solid coal.

The twae men passed by this queer stable intae a great hall that was lit by many torches aroond the walls, which somehow served tae make the place mair dreich an gloomy. They came tae a solid oak table with strange symbols carved intae it, an on that table lay a muckle sheathed sword an a mighty horn. The stranger told Dick that hae was in fact Thomas o Ercildoune, the great prophet, who had disappeared centuries before, an hae went on tae utter these fateful words, 'It is foretelt that hae that soonds the horn, will, if his heart disnae fail him, become the king o aw broad Britain. But aw depends on courage, an whether the sword or horn is taken first. So speaks the tongue that cannie lie.'

It was Dick's strong inclination tae draw the sword first, an hae was just aboot tae dae so, when hae was gripped by some unseen supernatural terror, the like hae had never felt before, which had him shoogling tae his core just as hae was reaching oot for the sheathed sword. Should hae complete such a daring act? Perhaps in doing so hae would bring doon on himself the full wrath o the spirits o the hill. The sword was almost within his grasp, but as hae reached oot it was the horn that hae closed his fingers aroond instead. His shoogling hand lifted the mighty horn up tae his lips. Hae blew for aw hae was worth, but aw that came oot was a feeble wavering note that petered oot only a moment or twae after it arose.

Thunder rumbled an the horses in the stalls started stamping their feet an the knights on their backs swung intae life with a terrible clash o armour. The horses snorted as they threw back their heids an tossed their manes. A scunnersome army rose up before Dick. A great big voice boomed oot tae reverberate aroond the walls an the high ceiling o that cavern, 'Woe tae the coward that ever was born, who didnae draw the sword afore hae blew the horn.'

Then, just before the army o knights could reach him hae heard the roar o a mighty wind rise up, an in a trice it lifted him up an tossed him clean oot o the cavern. Hae tumbled through the air, then clattered doon the rocky ridges until hae came tae a halt on the ground.

There hae lay until morning where hae was found by some local shepherds. Though hae kent that his breath was close tae its end, hae managed tae tell the story o what had happened tae him, before breathing his last. Hae died there an then in the early morning light in the arms o the shepherds.

As for the passage at the Lucken Hare intae the braeside, though many have searched for it ower the many years that have passed since, it has never been found.

Deep in that derk braeside that scunnersome army still sleeps. It sleeps the sleep o the centuries, waiting tae awaken yince mair, should anyone fearless enough tae lead such a powerful army find their way intae that enchanted cavern.

Some time later there appeared on that braeside a mark resembling the ootline o a horse an rider.

There have been many reported sightings o a solitary bearded man roaming the Eildon Hills. Ancient knights astride ghostly black horses have also been reported doon the years. An howling winds can suddenly whip up by the Lucken Hare on the calmest o gloamings.

Like many a weel kent story untethered by print, there are different versions o this tale. In yin it is said that when Thomas o Ercildoune has bought enough horses the warriors will go forth an bring right an justice tae the world. Another legend has it that it is King Arthur an his knights sleeping beneath the Lucken Hare, awaiting the caw tae come tae the aid o Britain. Perhaps the knights await the return o Arthur himself. Perhaps only hae has the courage needed tae draw the sword an blow the horn.

Tam Linn

The young lassies frae aw roond aboot were weel warned in both word an song tae keep clear o Carterhaugh Woods. For it was weel kent that Tam Linn the elfin warrior dwelled in the woods by day. Any young lass that hae happened across would be expected tae gie something up tae him, be it a bracelet o gold, a ring o silver, a coin o worth or even something a sight mair personal belonging tae the lass.

Now, many lasses paid heed tae such warnings, an the accounts o the gallus lassies that didnae, served tae add tae the sore warnings for others. But there would always be some fearless uppetie lass that saw herself as above it aw. Fair Janet, the daughter o the earl, was tired o playing long drawn-oot games o chess in her chambers with the ladies back at her father's castle, an so she decided tae take herself off tae the woods. It was Beltane, an spring was aboot tae reach summer.

The soft grass under foot, the coolness o the woods an the wonderful smell o the abundant wild roses soon put Fair Janet in a bit o a dream. She drifted through the woods drawn by the sight o bigger an bigger roses o red an white. By an by she came across a well, an there stood, fair docile an canny like, waiting for its master, a milk-white steed. An then she realised that this must be the steed o the notorious Tam Linn. 'Nae matter,' she thought, 'I dinnae gie a whit for any man, whether hae be great or scunnersome it matters nothing tae me.' She was then drawn tae a particular velvet-like rose o the purest white. She reached oot her hand an plucked it in a quick movement tae try tae avoid the surrounding thorns. Nae sooner had she done so than a young man shimmered oot frae the rose itself. 'How dare ye saunter through these woods o Carterhaugh an pluck a wand that holds a rose withoot ma permission.'

She looked at the handsome young man that seemed tae appear as easy as a reflection on water, 'I didnae mean any harm.'

'I'm here tae guard these woods, tae see that naebodie nor nothing disturbs their peace.'

'An was it ma father that gave ye such a job?'

'Naw it wasnae.'

'Weel, there ye are then. It should be you that's asking ma permission tae set foot in these woods, because it is ma father that owns them.'

Then the young man's face rose up intae a smile that seemed many a long year since it was last there. Hae plucked a rose o the deepest red tae match the yin she'd already plucked for herself. 'I would pluck aw the roses o Carterhaugh tae hae yin as bonnie as yerself.'

After that time Janet continued tae meet Tam Linn in Carterhaugh Woods thoughoot the summer an intae the autumn.

Yin late October night, when Janet had returned hame tae the castle frae seeing Tam, the young ladies were aw occupied playing chess or bowls on the weel-manicured lawn. So intent on their games were they that they didnae take much notice o Fair Janet. However, frae the castle wall an auld grey-heided knight o her father's looked doon on her. Then hae motioned her towards him. Hae cupped his hand an put it at the side o his mooth so hae could have a quiet word with her. 'For what ye've done we'll aw be blamed, but I'd be prepared tae walk ye doon the aisle tae prevent such a scandal.'

'Hold yer tongue ye silly auld goat. That, as far as I'm concerned, would be the bigger scandal. I'll father ma bairn on who I will, an it'll never be cleeked wi yer sorry name.'

Janet was aghast that the auld whiskery-faced knight should notice her condition. However, she didnae have time tae think aboot what she should do because the next thing was that her father hurried up tae her, maist likely alerted by her harsh tone at the auld knight, but possibly by how long she'd been away. 'Janet dear, Janet dear …' then whatever the earl was going on tae say was left unsaid. Hae looked at his daughter keenly, an when hae did speak it was in a very canny like way. 'Alas sweet Janet, Ah see ye're wi child.'

'What a thing tae say Fither, tae yer lovin dowter. How would ye ken such a thing?'

'How could I fail tae miss such a thing in ma ain daughter?'

'If I am wi bairn Father, there's naebodie tae blame but ma ain self. There's not a knight aboot yer hall that can put his name on the bairn. As a matter o fact nae earthly knight can, nor shall they.

As it is, the fella's o the elfin folk, an I wouldnae gie him up for any man in yer employ. The horse that ma sweetheart rides upon is lighter than the wind. The front twae hoofs o which are shod wi silver, an the twae behind wi burning gold. An I'll no stand here an say any mair, for I'm away back tae him as fast as ma legs will carry me.' So off went Fair Janet, lifting up her skirts tae set off in the direction o Carterhaugh Woods, withoot giving her father a chance o another word.

When she reached the well at Carterhaugh she was oot o breath. There was Tam Linn's milk-white steed as canny as afore. Yince again there was nae sign o Tam himself. She quickly looked aw aroond herself, but the only sign o Tam was his horse. So she sat herself doon, rearranged her skirts, then reached oot an pulled a particular long-stemmed thorny rose. Nae sooner had she plucked it than Tam Linn shimmered oot o frae atween its petals, just as afore. Immediately hae spoke. 'What are ye doing plucking this thorny stem that holds the rose in such a bonnie green place as this, an aw tae kill the bonnie bairn that was brought forth by the love that was kindled atween us?'

At that Fair Janet flung the rose aside, an addressed the elfin knight instead. 'Tell me, tell me elfin Tam Linn, tell me in the name o aw that's holy. Have ye ever set foot in a chapel, or been an Earth-bound soul?'

'Ma mother an father were taken frae life afore I kent them. So ma grandfather took me tae bide wi him. I was brought up no kennin a want. Hae had me on riding frae a very early age, an it wasnae long till I was weel used tae chumming him on the hunt. Yin day, however, the wind was bitter an cauld, an we were on oor road back frae the hunt an I was lagging behind somewhat. Aw o a sudden a muckle tiredness fell aboot ma shoulders, as if the effects o the coarse wind had taken it oot o me. Next I kent I was fawin off ma horse. I didnae seem tae have any strength in ma body tae hang on with. But lo an behold I didnae faw so very far in the yin sense, but in another I fell a very long way indeed. For I was caught deftly by the Queen o the Fairies' ootstretched fingers, an at yince wheeched off in her clutches an away through a

door that only fairies ken up thon hill. Frae there we rode like the
living wind away an beyond the back o beyond tae Elfland itself.
An a very green an pleasant land it is tae. There are apple trees
everywhere ye look, an unicorns graze on the grass lawns, canny
as can be. There is though a vexing time coming in Elfland. Every
seven year we hae tae pay a tithe tae Hell. As ye'll nae doot ken a
tithe is a tenth o yer income, weel Hell is wanting payed in souls.
The queen thinks that because I'm only flesh an blood, that it'll be
me that has tae pay the tithe this time, an it'll cost me ma very soul.
I tell ye I'm gey feart.'

Fair Janet found that she could hardly speak in response,
so many thoughts birled in her heid, each yin fighting for atten-
tion. At the hinderend she managed tae blurt oot just the yin word.
'Feart?' She never thought a fine man such as Tam Linn would
be feart o anything. What with him being so feared by so many
himself, an she herself so feart o so little.

'Aye, feart.'

'Is there nothing that can be done tae get ye away frae Elfland?'

'Only the lass that truly loves me can get me away, through a
bravery that would have tae match the power o her love. What's
mair, what must be done must be done tonight, for tonight
is Halloween, an the veils atween the earth world an Elfland are at
their thinnest.'

'What is it that I have tae dae?'

Tam Linn went on tae explain that the stroke o midnight was
the time when the fairy folk would be oot riding in a procession.
Should Fair Janet want tae win him back frae the fairies then she
needed tae hide herself by the side o the road at Miles Cross.

'But how should I ken ye Tam Linn in the murk o midnight in
among so many on horseback?'

'The first procession o horses that will come along just let them
pass for none will carry the likes o me. The next procession, let
them go by as weel, for I winna be in their midst. But when ye see
the third procession let the black horse go by, an then let the broon
yin pass as weel, but when ye see the third yin, which will be a milk-
white steed, have yer wits aboot ye, an as quick as anything grab a

hold o the rider an pull him doon. For that will be me. I'll be on the side nearest Melrose toon. It's because I was an earthly knight that they gave me the privilege o riding a white horse.'

'What if yin o the other folk is also on a white horse?'

'That winna be the case, but I'll see tae it that ye winna mistake me. I'll wear a glove on ma right hand, but ma left hand shall be bare. I'll put ma bonnet on at a jaunty angle an ye'll see ma yellow hair. In that way ye'll see me clear as day. When ye pull me tae the ground hold me doon tight through aw that happens. They'll turn me in yer arms at yince intae an eel, an then intae an adder. But hang on tight ma dear, for I am yer bairn's father. Then they'll turn me intae a bear so fierce, an then a lion so wild, but hold on tight an dinnae be feart, for ye shall love yer bairn. Then they will turn me in yer arms an turn me intae a blazing ember. Then quick as ye can, throw that ember intae the spring well. Then I will be yer ain true love when I turn intae a clootless knight. Then ye must wrap me up in yer green mantle, an keep me oot o sight. That is what it'll take tae bring me back, that is what it'll take tae win me for yerself, that is what it'll take for yer bairn tae have its father.'

Fair Janet looked fair peelie-wallie on hearing aw o this, an so Tam spoke again. 'I have tae turn through aw these shapes tae bring masel back, that is ma journey frae where I am through aw the realms tae the earth. If ye love me ye'll hold on tae me for aw yer worth. Will ye dae that, Janet?'

Janet began nodding ever so slowly, an then she said, 'Aye,' in a voice so sure that it left Tam in nae doot that she would succeed.

The night was dreich but dry wi thick cloud shutting oot the moon. None the less, Fair Janet stepped her way lightly ower tae Miles Cross. She settled herself in a broom bush on the Melrose toon side o the road at Miles Cross an waited. For a while aw she could hear was the notions o the wind wheeching through the trees an bushes. Then very faintly, as if starting in imagination, she thought she could hear a jingling o some sort. As she listened harder it gradually took on a rhythm. Then unmistakably it became the ring o bridles coming frae many horses. Although there was an unearthly music tae it she was mair than glad tae hear it.

Just as Tam told her, she let the first troop o horses pass an only let go her breath when the jingling grew tae its loudest. Then she waited further as the second troop passed by as weel. Then, when the last procession o horses reached her, she watched the black horse go by, an then she witnessed the broon yin follow suit. As the broon tail swished past her she was on her mettle. As soon as she saw the milk-white steed she sprang frae her hiding place an grabbed at the man with the cocked bonnet. She cleeked a hold o him an pulled him doon with aw her strength an passion. Nae sooner did she have him on the ground than she had him wrapped tightly in her arms.

Just then a voice like a craw cut through the air, 'Tam is away, Tam Linn is away.' An frae behind a broom bush a black horse reared up, as the Queen o Elfland brought the horse tae a halt. Her face shone wi an unearthly light an her sharp, black, bonnie eyes fell upon Fair Janet as she held Tam tightly tae herself. The elfin queen poured her scunnersome spells doon on the prone Tam. First Tam dwined doon an doon as hae became a slippery eel, tae try an slip away frae her grasp, but Janet just hugged him closer tae her chest. Then hae turned intae an adder that wriggled aroond whilst it kept nipping her aboot the neck. Then hae wrapped his coils aroond her body an her neck. At the same time hae was biting her hair an her scalp. Still Janet held on. Aw o a sudden she was smothered in the derk by the weighty fur o a broon bear. It's roar alone seemed enough tae shoogle her tae bits as the sound o it reverberated through her body. Despite its claws, teeth an colossal strength, she hung on for aw she was worth. Then she was gripping a lion, but the teeth an claws o the lion couldnae get near her because o the way she hung on. Then aw at yince the lion was away. But afore she could take a braith a red-hot ember was burning her hands. Although the tears o pain were aw but blinding her, she somehow managed tae wrest that burning ember intae the spring well. The well waters hissed for a moment as she wiped her eyes with the backs o her hands. Then it was as if aw yon spells had done their utmost an could last nae mair, for oot frae the clouds o steam emerged Tam, returned tae his true form, though not an article o claes did hae have on. Quick as a blink, Janet cast her green mantle on tae him. Although the spells had lost their grip, the burning pain in her hands stayed with her tae show her that whit had happened was not entirely an illusion.

Then, as before, the craw-like voice o the fairy queen rose up. 'I curse yer fair face, for ye have cleeked away ma bonniest knight. An as for you, Tam Linn, had I kent Fair Janet was coming for ye, I would've given ye a stane for a heart an twae wooden eyes frae a tree.' Wi long fingers she reached oot an cleeked ahold o the reins o the milk-white steed. A faint light appeared in the distance. A weird fairy cry rose up an aw the fairy riders spurred their horse onwards an vanished intae the night.

Fair Janet had her sorely blistered hands clasped together for comfort. Tam Linn laid his right hand lightly on top. In this fashion they made their way tae her father's castle.

10

THE SON O
A TAILOR

THE SON O A GHOST

A long time ago a tailor used tae go roond the doors making claes for folk. Yin time hae cawed at a particular hoose, where it so happened that aw three brothers there were wanting a suit o claes made. What's mair their sister was insisting that the tailor make a suit o claes for her as weel. The tailor didnae take the lassie very seriously, so she said tae him, 'Name yer price, any price ye like.'

'Weel,' hae says, thinking hae'll have a bit fun with her, 'if that's the way o it. Tell ye what I'll do, if ye agree tae lie wi me for a night I'll make ye a suit o claes.'

'Aw right, fine, I'll do it,' she says fair impudent like.

So the tailor goes away an makes the three suits o claes for the brothers, an the suit o claes for the sister. Then hae comes back tae the hoose an gets the money frae each o the three brothers, but hae doesnae take a penny frae the sister for her suit o claes. An because hae wasnae exactly being serious with her, hae doesnae insist on sleeping with her either. So off hae goes fair happy with the pickle money hae's gotten frae the brothers, an the wee bit o fun hae's had with the sister.

Now it so happened that no very long after this the lassie suddenly died. It was shortly after this tragic event, when the tailor was oot walking by himself, that hae felt somebody or something come up behind him. Hae had this queerest feeling aboot his shoulders. But every time hae looked roond there was nothing there. This went on for aboot ten minutes, or so the tailor thought, till hae was in a quiet bit where not another soul was aboot. It was then that the lassie appeared before him, or at least the ghost o her did. 'I havnae fulfilled ma part o the bargain. Ye must sleep wi me tonight.'

The tailor got that much o a gliff that his mooth fell open an the slaivers started dribbling doon his chin, an his body gey near dropped tae the ground intae a lifeless heap o bones. An yet hae somehow found his tongue, an managed tae get oot, 'I cannie dae that.'

'Ye must, or I'll haunt ye aw yer days.' An so the tailor agrees tae sleep with the ghost.

In the morning she told him that after nine months hae must go tae her graveside. 'There ye'll find a newborn bairn. Hae is yer son, Thomas is his name.'

When nine month passes hae visits her graveside. Right enough there hae finds a newborn bairn, an it is lying half in the earth an half oot the earth. Lying next tae the wee bairn was a muckle book with a red cover on it. The tailor had a look inside the book, but couldnae make heid nor tail o neither the words nor letters. So hae took the bairn an the book hame with him an brought the laddie up himself. As for the red book hae took it tae a pickle learned fellas, but they couldnae make oot what was in there either.

When Thomas was aulder the tailor gave him the red book tae look at, tae see what hae could make o it. The laddie sat doon an was immediately captivated by it, an went through it frae cover tae cover as if hae understood every word.

When Thomas became o age the tailor brought the laddie intae the trade, an so his son started tae go roond the doors with him. Yin time the tailor was asked tae go tae a hoose where an auld man had died. When the tailor an his laddie got there the folk that were in attendance seemed neither up nor doon aboot the death o the auld man. There were nae hankies oot nor nothing. It turned oot that the auld man had been a bad-tempered scunnersome fella that nobody had a guid word for. The tailor was tae make a shroud for this auld man. However, in the middle o the tailor writing doon the particulars, Thomas started yowling an greeting an making the maist awfie stooshie. The tailor, o course, was fair embarrassed an couldnae get the laddie oot the hoose quick enough. The tailor, though, just decided tae let it lie; after aw the laddie hadnae come across a deid body before.

It so happened that a wee while after this they had tae go tae another hoose tae make a shroud for another auld man that had just died. This time there was a lot o hankies oot, an a lot o greeting an yowling, for this auld man was dearly loved an was being sorely missed. However, Thomas started tae grin frae lug tae lug an before long was in kinks o laughter. Again the embarrassed tailor couldnae get Thomas oot thon hoose quick enough.

As soon as they were roond the corner the tailor had it oot with his son. 'That's nae way tae carry on aroond a death. What in the world was there tae be laughing aboot?'

'I'm awfie sorry, father, I couldnae help it. It was just seein aw those daft ornaments an whigmaleeries the man had aboot the hoose, I just couldnae help laughin at them.'

'Howts, away wi ye laddie. Come on now, I'm nae havin any o that, I want the truth.'

'Father, I cannie tell ye the now. Wait till I turn sixteen an then I can tell ye aw aboot it, for if I tell ye the now ye'll never see hide nor hair o me ever again.'

But Thomas' father begged an pleaded with his son tae such an extent that in the hinderend the laddie went an told him.

'In the first hoose where I saw the scunnersome auld man, I could see aw roond his bed was hunders an hunders o scunnersome devils. It was enough tae break yer heart, I tell ye. Then roond aboot the bed o the guid-hearted man was thoosans an thoosans o angels. I was that happy for the fella that I just couldnae help but burst intae laughter.' Now Thomas started tae glower at his father. 'Father, ye should have trusted me.'

An so it was, the tailor never seen his son Thomas again. That particular laddie was none other than Thomas Learmonth, who went on tae be kent as Thomas the Rhymer. Ye'll hear aboot Thomas the Rhymer in the next story.

THOMAS THE RHYMER

A long time ago on a particularly warm day, Thomas Learmonth frae Ercildoune decided tae go an visit a friend who lived up the Eildon Hills. Hae fancied himself as a bit o a wandering minstrel so hae took his lute with him. It was such a hot day that, having made his way up the slope o Huntlie Bank that lay at the foot o the Eildon Hills, hae decided tae seek the shade o the hawthorn tree there as a place tae sit an rest for a while. After hae got his breath back hae picked up his lute an played a few tunes whilst gazing intae the woods before him. Hae was fascinated by aw the paths that led intae the derkness o the midst o the trees. As hae played hae could hear a trickling sound which hae thought was odd

because any spring would surely have dried up because o the long hot summer. But as hae continued tae pluck the strings hae saw a milk-white horse emerging oot o the woods. Aw doon its mane was tied around fifty wee bells that jingled like running water. On the back o the horse was a bonnie young lass with long fair hair. She wore a long grass-green silk dress with a derker green velvet mantle on her shoulders. She rode up tae Thomas an hae took the reins an tied them roond a thorny bush. The twae o them sat doon with their backs tae the hawthorn trunk. Though her eyes were as black as coal she was the bonniest lass Thomas had ever seen.

'Thomas, I am the Queen o Elfland an I have come a long way. I would deem it a great favour if ye would play me some tunes, for sweet music an the coolness o the woods go weel together.'

Thomas had tae tear his eyes away frae her canny face as hae took up his lute. An so hae played. His fingers skipped aboot the fretboard mair deftly than they ever had before. After hae had played some half a dozen tunes hae drew tae a finish.

'Thomas, thanks for playing so finely for me. If I can grant ye any favour that's in ma power tae grant, ye only have tae name it.'

Thomas, barefaced as ye like, took her fair hands in his, 'There's only yin thing I want frae ye, ma dear, a kiss frae yer bonnie lips.'

The queen drew back a bit, 'Thomas, if I granted that wish ye do realise I'd have tae take ye back tae Elfland an ye'd be in thrall tae me for seven long years.'

That made nae odds tae Thomas because hae was fair smitten by her loveliness. An so they kissed.

It was the sort o kiss that makes the lips fizz with wonderful possibilities never realised before. It was the sort o kiss that leaves yin full o air an breathless at the same time; the sort o kiss that leaves yin feeling drunk an in need o mair, an yet at the same time mair powerful an alive than ye've ever felt. Such a kiss is like nae other an has been said tae have the merest hint o peppermint aboot its taste, if such an elusive taste can ever be described at aw. Such a kiss has the power tae haunt ye for a lifetime, if ye dinnae watch yersel.

After they'd finished nae other word was said. The Queen o Elfland got up an sclimmed back on tae her horse whilst Thomas untangled the reins frae the bush. The queen left a trailing hand, which Thomas took a hold o an lowped on behind her. The horse set off at a canter through the woods that after a matter o yards led doon hill towards what became kent as the Boglie Burn. When the horse approached the burn, Thomas thought the beast would just lowp across. However, the horse stamped through the middle instead. Some o the water flew oot, catching Thomas in the eyes. Although hae knew this woodland like the back o his hand an though it only took a few seconds tae wipe the water frae his eyes, hae nae longer recognised the woods when hae looked again. Something had subtly altered, the woods were slightly derker, as if the shadows were colluding differently with the light, as if the horse had somehow run intae the reflection o the burn. The horse was picking up pace now an soon it was galloping faster than the four winds, through meadows, glens, hills an woods, an aw the time Thomas could hear the breathing o the far-off ocean thundering in his ears.

Eventually the queen brought the horse tae a stop in a lush green meadow. She sclimmed doon an knelt in the grass. 'Come doon Thomas an rest yer heid in ma lap.'

Thomas fair liked the sound o that an swiftly slid doon off the horse an did as hae was bid. She could toosle his hair an stroke the stubble on his cheeks as much as she liked as far as hae was concerned.

Nae sooner had hae laid his heid on her lap than the horizon started shimmering like a heat-haze for a few moments before clearing again. There appeared three roads before them, replacing the grassy plain that had been there previously. It is said that when ye touch the hem o a seer ye are able tae see through their eyes, seeing anything they can see. 'Ye see that high an rocky road?' the queen asked, 'weel that is the road tae righteousness. For some it is the road tae Heaven, for maist it's the road tae Hell. Ye see that broad straight road in the middle? Weel that is the road tae wickedness, for maist it is the road tae Hell but for a few folk it is the road tae Heaven. Ye see that winding road with a hedge either side? That is the road in-atween, that is the road we're going tae take for it is the road tae Elfland.'

The Queen o Elfland an Thomas got back on the horse's back an set off along that road like the hooves o the very wind. On an on they rode through queer an wondrous landscapes. At times the sky was full o gold-laced cloud, at other times the sky was as black as night. Then they stopped at the edge o a muckle flat grey landscape. A broad red river ran through this bleak place. 'That is aw the blood that humankind has ever shed, an aw the tears they've ever cried. Thomas, if ye ever let on aboot anything ye see or hear in Elfland tae anybody whilst ye're there, ye'll be banished tae this place forever. The fairy folk must never ken ye're human. So ye need tae keep yer mooth shut.'

'I promise ye I'll no say a word.'

They rode on again an finally they saw a pale yellow glow in the distance. Soon after they heard a thousand fairy trumpeters heralding the return o the Queen o Elfland.

Just ootside the gates, Thomas noticed unicorns grazing on the grass below the apple trees.

Now what goes on in Elfland an how Thomas spent his time there nobody rightly kens. Some say it was yin muckle long ceilidh dance the whole time, with endless amounts tae eat an drink o aw description. Others reckon that the fairy folk live on a milky concoction the full time. It is said that Thomas was taken intae seven different rooms tae gie him knowledge an wisdom, the room o colours, the room o mirrors an such like, but little is now kent.

What is generally agreed though is that time passes much quicker in Elfland, so that in hardly a blink in Elfland, folk back in Ercildoune were wondering, what ever happened tae Thomas Learmonth who walked oot yin summer's day twae years ago, an there's been not a trace o him since?

So time passed in Elfland an Thomas served the queen weel, an not a word fell frae his lips tae be caught by those sharp-eared beings. Very soon the seven years had passed, an the queen herself came tae fetch Thomas. She led him oot o the gates o Elfland an the twae were walking through the orchard as unicorns grazed peaceably on the lawns. 'Thomas, I'm grateful tae ye for serving me so loyally these past seven years an no saying a word. Before ye leave I'd like tae gie ye a present.' She reached up an pulled an apple frae an overhanging branch an handed it tae Thomas. 'This is the apple o truth, take it for yerself.'

'I'm no so sure I want it,' said Thomas uncertainly. Thomas was thinking that tae get a decent price for cattle or tae win favour with the lasses ye have tae sometimes exaggerate a bit.

'Thomas, ye'd be wrong tae turn doon this gift. Accept it an ye'll be famous for as long as there is a Scotland, with fine wealth tae match.'

As Thomas dreamed intae her shining eyes, hae found hae could refuse her nothing, so hae slipped the apple intae his jacket pocket.

'Thomas, ye must away now, but I will caw for ye again some day. I'll send twae messengers that ye'll recognise when ye see them.' She then kissed him lightly on the cheek. The scene before him smudged away like a heat-haze. Hae felt his heid spin an the only thing tae hang on tae was the coolness o that kiss.

Hae awoke under the hawthorn tree, with the cauld grass on his cheek in place o the queen's kiss. Lying next tae him was his lute. Hae thought it must have been some fantastic dream till hae rolled ower an felt the lump o the apple in his jacket pocket. Hae got himself up an set off back tae Ercildoune.

As hae walked intae the south o the village a fella saw him an started roaring that Thomas was back frae the deid. Despite seven years passing, Thomas didnae notice a lot o change. The folk that hae kent were a wee bit greyer aboot the temples an parts o his roof needed re-thatching, but that was aboot it. For Thomas life went back tae how it was before. Hae was very popular with the bairns now; they were forever sclimming on tae his knee after mair stories o his ootlandish adventures. As for the apple that hae'd eaten on the way back frae Ercildoune, Thomas never noticed any difference tae the way hae went aboot his business. It seemed that truth was having nae effect, at least not at first.

There came a time when the folk in the village had a meeting, for they were very worried aboot the fact that there were a lot o cattle dying roond aboot. As the meeting went on folk were getting mair an mair agitated, until in the thick o the row, Thomas lowped tae his feet, as if his body were nae longer his ain, an his mooth said that not yin coo would die within Ercildoune. Hae had spoken in such a calm steady voice that everyone heeded him. An so it came tae pass that not yin coo perished.

After that Thomas got himself a reputation, an before very long folk frae aw ower came tae get advice on aw sorts o things, frae what crops tae plant, the weather, an suitable young men an suitable young women for prospective marriage partners. Soon hae was famous far an wide with money tae match, because lairds an the like would value his wisdom an his insight. Hae became kent as Thomas the Rhymer, or True Thomas. Hae made many prophesies, an they always came oot in rhyme. Many o which, in the fullness o time, turned oot tae be true.

Hae prophesied that there would come a time when Scotland would be cut in twae. An folk thought how could such a thing be possible, but it came tae pass when the Caledonian Canal was built, stretching frae Loch Ness tae Crinan in the west.

With Thomas' growing wealth hae built himself a muckle hoose cawed Rhymer's Tower at the south end o Ercildoune. Every year hae would have the grandest celebration there. Everybody would be invited, rich an poor alike. This particular year the dancers had just finished dancing an Thomas was playing a few tunes on his lute when a servant charged in saying there was the strangest sight oot on the road. For there was a milk-white hart an a milk-white hind just standing there, tame as ye like. Everybody made their way oot with Thomas at the heid o them. Everyone just stood as if in a dream as Thomas sauntered ower tae the twae deer. Then Thomas an the twae deer aboot turned an sauntered away frae Ercildoune. Thomas the Rhymer was never seen again. Hae'd gone back tae Elfland tae be with his queen again.

NOTE – ye can still see the ruins o Rhymer's Tower tae this very day, behind the petrol garage at the south end o Earlston.

THE GHOST THAT DANCED AT JETHART

It was tae be a great occasion at Jethart Abbey. In the October o 1285, King Alexander III was tae marry the French woman Yolande, daughter o the Comte de Dreux. The ceremony was presided ower by an abbot cawed John Morel.

After the ceremony was concluded a grand banquet was held. An whilst the banquet took place a masque was enacted, that was written, it was said, by the great Thomas the Rhymer himself. As actors an actresses capered aroond tae the delight o the wedding guests, an uninvited guest joined in with the players o the masque. The warm light fell frae the eyes o the audience, tae be replaced by stricken stares o anguish; wide contented smiles dropped frae faces as mooths fell open in astonishment; the gentle murmur o conversation an soft laughter became horrified screams, as a spectral skeleton wrapped in a shroud appeared in their midst, an preceded tae thread its way through the dancers. Then, tae challenge the nature an possibilities o reality even further, it disappeared intae thin air, as quickly as it had appeared. However, before the skeleton did so it pointed a beckoning finger at the king an his new bride. Folk took it as an evil omen.

On the 19th o March the following year, the Earl of March at Dunbar had wanted tae ken what the weather was going tae be, so hae sent a servant tae ask True Thomas. The servant came back saying that Thomas said that before midday 'a blast so vehement

that it shall exceed all those that have been heard in Scotland'
would occur. Well the Earl of March waited and waited and, when
hae could see nae sign of this predicted gale, hae sent some men
tae fetch Thomas tae him.

'Where is this terrible wind ye were on aboot?'

'It's no noon yet.'

Just then a servant barged in, 'There's been a terrible accident,
the king was oot riding on the cliffs o Kinghorn, an hae got blown
off his horse an killed.' King Alexander III had been cast frae his
horse, an had plunged ower the cliffs at Pettycur Bay in Fife. Hae
had been killed ootright while riding through a storm on his way
tae Yolande at the court o Kinghorn Castle. An so the evil omen
was felt by the folk o Scotland. Little did they realise that the ill
would not end there. In 1290 Alexander's heir, his eight-year-old
granddaughter Margaret, drooned on her way frae Norway tae
her coronation. Now there was nae obvious heir, because all o
Alexander's children had died before him. Thereafter Scotland saw
all sorts o schemes an treacheries tae gain the royal crown, which
served only tae blight the nation wi misrule, slaughter an poverty.
What perhaps makes this tragedy even more poignant is that it is
commonly believed that Alexander III was yin o the wisest an best
kings that Scotland ever had.

11

WHAT'S YOURS IS MINES

THE DOOM O LORD DE SOULIS

Lord William de Soulis was considered a wizard o the Black Arts. Way back in the thirteenth century hae lived at Hermitage Castle just south o Hawick. The castle keep was considered almost impregnable. The Lord de Soulis was feared an loathed in equal measure far beyond the imposing shadow o Hermitage Castle as it stood on that isolated windswept moor. William de Soulis ranged atween Jed Water as far as Edinburgh, an his reputation spread even further with tales o his terrible deeds. His retainers would have hated him mair than maist, but did not dare show it. If they allowed themselves a single thought against their evil master hae would surely see such hatred exposed in their eyes. The Lord de Soulis was every bit as powerful in his mind as hae was in his impressive frame. As weel as being naturally strong, it was said that nae mortal weapon could harm him, as hae was protected by an evil charm. Hae was a man that did an said whatever hae liked, regardless o the consequences tae himself or anybody else. Indeed hae entertained thoughts an even claimed tae have mair right tae the Scottish throne than King Robert the Bruce himself.

His greatest desire though wasnae tae become king, but tae marry the bonnie an very wealthy young lass Marion, who lived no far frae him. As it was, she was betrothed tae Sir Walter Scott, the young heir o Branxholm, who was surely the bravest an strongest young man in aw o the Borderlands. This didnae trauchle de Soulis any, who would let nothing stand in the way o his craving for Marion. Tae this end it is said that hae cawed upon unnatural help. Apparently yin night hae took a jet-black cat by the scruff o the neck, dragged a jet-black dog on a chain, an herded a young jet-black bull (yin that had never kent anything but its mother's milk, an had never seen a blade o grass), doon intae his deepest derkest dungeon. There hae locked the muckle cell door behind them with the key frae his belt. Hae placed the lamp in the middle o the floor, then quickly dug a small hole, whilst the cat frantically tried tae scratch a way oot o the cell. The sorcerer grabbed the yowling cat by the scruff o the neck again an threw it intae the hole. Hae rapidly covered the cat ower with soil before it could escape. Then hae tramped the earth doon an the cat beneath. Whilst standing on the grave hae dragged the dog tae him, picked it up an flung it at the wall with aw his might, immediately breaking the poor creature's back. Then hae drew a knife across the young bull's thrapple. Hae then preceded tae wring the bull's neck, spraying its blood aroond the dungeon in some desperate ritual. Hae furiously dug another grave beside the first, intae which hae pulled the dying dog an the dying bull, an quickly covering it ower an tramping doon their broken bodies with earth as hae did so. It was as if whatever hellish thing hae wished tae invoke would be brought aboot by the suffering o those poor creatures, an the mair they suffered the mair powerful the evocation. Next tae the twae graves was a stout iron-bound kist. Now de Soulis gave this his full attention. 'Spirit o Derkness rise oot o yer slumber for I have come.' Rummaging aboot in the far corner o the cell, hae found the horseshoe that was kent in his family as the spirit's shoe an hae nailed it tae the door. As hae gave the nail a final dunt hae spoke oot again, 'Spirit o Derkness, I'm here tae dae yer bidding. Now, come forth.' As hae stood atween the twae graves hae scattered salt an ashes aroond the kist nine times. 'Spirit, come tae me.' Then hae dunted nine times on the lid o the kist with his mailed fist. Twenty-seven times later the lid o the kist slowly rose. As it did so the terrible smell o long-deid corpses heralded the emergence frae the depths o the kist a muckle great presence that was in a shape unkent by man.

It was as if the voice came frae the depths, an it had such a sense o foreboding aboot it. 'What dae ye want de Soulis?'

'I crave the power ower aw other men so that I can have aw that I desire. I ask that every weapon made by man be powerless against ma body as the pale light o the moon.'

'Yer wish is granted.'

'Swords?'

'The steel o swords winna wound ye.'

'Rope?'

'Rope will neither bind nor hang ye. Tomorrow night Sir Walter's young bride will sit at yer fireside instead o his, an should his sword come at yer hide it will buckle an bend as if ye were a stane. But now dinnae trauchle me again for seven long years. Only then can ye unsneck the door o this dungeon tae dunt the lid o ma kist. Only then will I answer ye if ye dunt three times. Away with ye now. Go yer ain way in sin an prosper in the doing so. But beware a coming wood.'

A sudden shriek frae the fiendish entity rattled roond the dungeon as it shrank back intae its kist, followed by a loud clatter as the heavy lid fell shut. Then the ground started tae shoogle as if the rocks deep doon in the earth were having a terrible row with each other. De Soulis grabbed the lamp an quickly ran oot the cell, snecking the door behind him with the heavy key frae his belt, entirely heedless tae the groans an whimpers o the buried animals.

The very next day de Soulis went off riding with twenty o his men. Doon by the side o the Teviot Water they came across Marion oot riding with her maidens an a few men, who were close by hunting red deer. De Soulis led his men towards the group o women. As hae drew up tae Marion hae lifted her clean oot o her saddle an on tae his ain horse. The breath was knocked oot o her because de Soulis had her in such a powerful grip. Hae then took his whip an scudded the flank o her horse tae chase it away. Laughing in delight, hae said tae her, 'I have ye at last ma sweet wee bird. Nae mortal man can take ye frae me now, let alone yer young beardless wonder. Now ye have a proper man.' Then hae pressed his lips tae her's, an kissed her long an hard, whilst she screamed, scratched an tried tae wriggle oot o his grasp.

They rode rapidly back tae Hermitage Castle an de Soulis snecked her in barred but comfortable chambers, that only had a view o the moat. She wept an pleaded wi de Soulis tae have mercy an set her free but tae nae avail. An when she was left on her ain she prayed an prayed for aw she was worth. Finally she swore that the Heavens would have their vengence on him for what hae was doing tae her. As de Soulis gazed upon her it was as if her guidness shoogled an fankled him in some unfathomable way. Her purity, her sweetness, she was, after aw, little mair than a bairn. Perhaps it was the feelings that she evoked in him, hae was ill prepared for their full implications.

On the third night hae took a hold o her an carried her doon tae the deepest derkest dungeon. Whilst hae reached for the muckle key on his belt the dying whimpers o the poor beasts could still be heard echoing roond the chambers. On unsnecking the barred door hae dragged the petrified Marion intae the cell. She'd heard o his familiar an plenty o stories o his sorcery an his wickedness, so she was at her wits end on thinking o what was going tae happen tae her next. Hae stood atween the twae graves an dunted three times with his mailed fist on the lid o the kist. 'Spirit waken.' The sense o terror was aw too much for Marion, she foondered an passed oot. The Black Lord dunted thee times on the lid o the kist, but the entity never stirred. Marion was oblivious tae the rest o this an woke up in her barred chamber.

It was shortly after daybreak the next day that young Sir Walter Scott arrived at the gates o Hermitage with twenty o his men in tow. Yin o his men blew his horn tae herald the arrival. De Soulis shouted frae the battlements, 'What has shoogled ye up so early today ma young hairless chin?'

'I'm here in the guid name o the king,' replied Sir Walter in a fair gallus fashion. 'In the king's giuid name I demand that ye immediately hand ower ma bride-tae-be, or ye shall pay for yer despicable act.'

'It is you that will pay for aw yer empty boasting laddie. An who is it that ye caw king? The crown is mine. An ye'll die like a stray dog for yer impudence.' Then de Soulis turned tae address his men, 'Take arms men.'

A few minutes later a hunder men rode oot the gate along with de Soulis. They descended on young Sir Walter's men like wolves upon sheep. De Soulis himself cut through them left an right like a scythe through ripened corn. Aw too soon Sir Walter's troops were scattered intae the trees, with aw but de Soulis an three o his men remaining tae deal with the determined Sir Walter himself. Quickly they had him surrounded an were moving in for the kill. 'Keep back men. Leave this young pup tae me. I'll take his heid on a plate as a wee present for ma sweet bride.'

'Ye might have her in chains, but she'll never be yer bride.' The younger man then launched a furious sword attack at de Soulis. So intense was it that for a while de Soulis completely forgot that hae couldnae be harmed by the weapon o a mortal man. When hae did recover his composure hae laughed an retorted, 'Ye'd be as weel waggling a stick instead o a sword for the amount o guid it will dae ye.'

'Sorcerer ye might be, but mortal harm will claim ye in the end.' De Soulis laughed again in the knowledge that hae couldnae be harmed. However, as the twae fought on de Soulis realised that young Sir Walter's strength was equal tae his ain. Hae was just wondering how hae might finish off the younger man when yin o his men flung a spear at Sir Walter's horse. As the spear entered the horse's flank the creature fell tae the ground, sending the young man sprawling. De Soulis immediately jumped off his horse, stamped with his boot firmly on Sir Walter's chest an placed the tip o his sword blade under Sir Walter's chin at the exposed thrapple. 'Ye'll no die just yet,' de Soulis said an hae turned tae his men. 'Tie him up.'

'So ye're a coward as weel as a treacherous swine. Ye'll pay for yer ill-deeds in the end,' Sir Walter shouted as hae was trussed up an dragged through the castle gates. 'Ye will rue this dirty business de Soulis, mark ma words.'

Sir Walter Scott was taken an tied tae the opposite wall o the chambers where Marion was tethered. De Soulis drew his sword an, yince mair, placed the tip o it at Sir Walter's exposed thrapple. Then hae turned tae address Marion. 'Marry me or ye'll find yer sweetheart's heid rolling by yer feet. If ye agree tae marry me, I'll let the laddie go free.'

'Ye scunnersome beast, ye're no even human,' railed Marion. 'Ye leave ma Walter be.'

'Marion, ma dearest Marion,' said Sir Walter. 'Dae what ye like tae me ye devil, but leave Marion alone.'

'Ye've heard what I have tae say on the matter. I'll gie ye till midnight tae think it ower, then I'll have yer answer. Agree tae marry me an ye'll have a man for a husband, instead o this beard-less laddie.' Before leaving, de Soulis gave her due warning as tae what she could expect if she didnae agree tae his proposal.

Yince they were on their ain, Marion broke doon greeting at their dire predicament. 'Dinnae fret ma dear Marion. It is no long now till oor friends get here tae rescue us. It's aw been arranged. An if I should die in the process, far better that I be yer bridegroom in memory than ye submit tae that devil.'

'I would sooner die along with ye than be with him,' said Marion with renewed spirit.

Throughoot the rest o the day de Soulis was trauchled. Hae had some vague sense that things were wrong. Adding tae this sense was the fact that his men still hadnae come back frae their pursuit o young Braxholm's men. De Soulis couldnae understand it, what could have happened? Hae found himself walking tae an fro along the battlements till long after sunset. The gloom o the night did nothing tae enhance his fettle. Then, just before midnight, the sound o hooves approaching filled the derk ootlook. De Soulis, anxious for news o his men, rushed doon frae the battlements an opened the courtyard gates himself. 'Yer news, yer news, oot with it man. Where are the rest o ma men?'

'The chase took us intae the wilds o Tarras Moss, an we were right in the middle o it afore any o us realised. I was lucky masel tae find ma way oot, as maist o oor men an horses lie buried in thon treacherous bog. An those that werenae claimed by the bog were put tae the sword by Sir Walter's men. I tell ye I was the only yin tae get oot alive.'

'An ye come back here tae tell this sorry tale that brings shame on tae the hoose o de Soulis, whilst young Sir Walter's men are free tae roam wherever hae likes? I've a mind tae horsewhip ye for such a story. Get oot o ma sight ye miserable wretch.'

De Soulis aboot turned an quickly descended yince mair tae his deepest dungeon. Yince mair hae repeated his dunting on the kist lid with his meaty fist, in atween the casting o salt an ash an trampling aw ower the twae animal graves. 'Spirit rise up an speak tae me.'

The iron bound lid creaked slowly open. However, this time the unholy figure did not show itself but sent its deep ominous voice forth, 'Flesh-bound creature, why do ye wake me before the time I asked o ye? Do ye not have aw that ye wish? Man's blades cannot harm ye, man's ropes can neither hold nor hang ye, nor even water droon ye. Away with ye.'

'Wait,' pleaded de Soulis. 'If ye could only add, nor fire burn me.'

But the entity would only gie oot a terrible booming laugh in answer, before adding as previously, 'Beware o a coming wood'. There was a clatter as the heavy lid fell shut again. The ominous thunder plumps were repeated deep in the bowels o the earth, causing the stoor o the cell tae rise intae clouds.

De Soulis raged an muttered tae himself, 'Damn yer riddles.' Hae stormed oot o the cell, but instead o snecking the door with his muckle key hae threw the key atween the bars intae the cell. 'Keep it, I've had enough o yer riddles.' An with that de Soulis marched off.

Despite his actions the riddle trauchled him for the rest o the night. Such was his unrest that hae kept tae his ain chamber. As weel as trying tae fathom the meaning o the riddle, hae pondered the death o his men. That wasnae supposed tae happen. Hae hardly had thought aboot Marion at aw, an Sir Walter even less until the sun arose the following morning. So when hae entered their prison it was with an expression o rage that barely concealed the trauchled feelings behind.

'Weel now, have ye seen sense yet Marion? Will ye be ma bride an let young Scott keep his heid aboot him? Or dae ye turn me doon tae see his heid on the end o ma spear?'

'I'd rather ye cut me up an threw me as dog-meat tae yer hoonds, than see Marion be a bride for ye.'

'That's no a bad idea, no a bad idea at aw,' de Soulis smiled with relish, 'but I want ye tae see that I have a bit o mercy aboot me. If the positions were reversed what fate would ye serve oot tae me?'

'Oh, that's easy,' replied Sir Walter, 'I would hang ye frae the highest tree ower thonder in Branxholm Woods.'

'Weel said, weel said,' responded de Soulis with a certain amount o malicious glee. 'Weel I'll show ye that I have a wee bit mair mercy aboot me than ye have aboot yerself. I will let ye choose the tree I'll hang ye frae. Although the same ravens will feast on ye an peck oot yer eyes. An what's mair, tae show that I'm no such a sore loser,' an hae turned tae Marion, 'since ye didnae choose tae gie me yer hand, I'll bind yer hand tae his an hang ye frae the very next tree.'

'I thank ye for that mercy at least,' said the lassie boldly.

De Soulis then instructed his four remaining men tae place a noose roond each o the twae prisoners' necks. The twae victims were then led oot o the castle in the direction o the woods. However, they had hardly walked fifty yards frae Hermitage when they found themselves immersed in mist. The men stared in astonishment. 'Look ma lord,' said yin o them, pointing in the direction o the wood.

'What, what dae ye see?' snarled de Soulis.

'The wood, dae ye no see, ma lord, the wood comes towards us,' the man stammered.

'What is happening?' cried de Soulis, the colour immediately dwining frae his face as hae minded the words o the demon, 'Beware o a coming wood.'

Before de Soulis could recover his wits young Sir Walter's men had dropped the branches they had been carrying in front o their faces, drawn their swords an had the evil wizard surrounded. De Soulis' men were soon either captured or killed, but nae sword could lay a mark on the Black Lord. Hae managed tae charge through the flailing swords an flee tae the safety o Hermitage. The ropes that tied Marion an Sir Walter were immediately cut an the young couple freed.

The reunited sweethearts returned tae Branxholm withoot further ado, where they were immediately wed. De Soulis, however, continued tae be a scourge on his neighbours an the surrounding countryside. King Robert the Bruce received that many complaints frae folk that in the hinderend, in complete exasperation, hae carelessly said, 'Ach, boil the scunner in oil, an we'll hear nae mair aboot him.' When those petitioners came back tae Hermitage Castle they found young Sir Walter's men fighting with de Soulis yet again. Despite being greatly oot-numbered an having nae men now tae fight alongside him, swords an spears glanced off his body as if they were grass, an nae rope could bind or hold him. However, it was fortunate that in the party o new arrivals there was a man wise in the ways o unfankling the spells an effects o witchcraft.

'Wrap him in lead, that is the only way tae hold him. Then boil him as the king himself has ordered, for sword, spear or rope have nae power ower his spells; nor do fire an water on their ain have any power ower him, but working together they may defeat him.'

On hearing this, many ran intae the castle tae tear the lead frae the roof. They held the evil lord doon by their sheer weight o numbers an preceded tae wrap him up in the lead, folding it roond his muckle frame till aw hae could dae was curse an seethe. They managed tae find a muckle black cauldron, which hae'd used for concocting many o his hellish spells an brews. A roar o excitement an approval went up when someone suggested that they boil him on Ninestane Rig. So they lifted him an the cauldron up the hill tae where the Druid stanes are. They hung the cauldron frae the stane an quickly built a muckle fire underneath. Then they thrust the lord's body intae the cauldron. As the flames grew higher an heated the pot, the lead started tae melt an bubble. An so the bones o the Black Lord were consumed by the boiling lead. Such was the fate o de Soulis.

Many who visit Hermitage Castle experience an eerie feeling roond that lonely an desolate place. Indeed, on that hill where the

Druid stanes can still be seen today, where de Soulis performed so many o his evil deeds, an where hae ultimately met his demise, it is said that each year on the anniversary o his death that the pitiful yowling o the Black Lord can be heard piercing through the unruly winds tae echo through the hills.

Hermitage Castle has the reputation o being the maist evil place in the Borders. Ower the centuries the castle has sunk six feet intae the ground. There are some that say that this is doon tae the sheer weight o evil deeds perpetrated there.

AIRCHIE ARMSTRONG'S OATH

As Airchie Armstrong dandered along the line o the border, as hae often did, watching the tempting fat English sheep ower the other side, hae must have thought that hae'd been born far too late. Though the fierce blood o his reiving ancestors nae doot surged through his veins, tae caw yersel a reiver was nae longer a thing o honour. This was after the Union o the Crowns, in the reign o Charles I, an so Airchie couldnae claim tae be a Border soldier fighting the auld enemy. An though hae might relish the adventures o his ancestors, none o the powerful Border families would help him oot if hae got himself in a tight corner. The only help hae would get was the wits hae had within his ain self.

Now Airchie lived near Eskdale, close at hand tae where the bonnie toon o Langholm now stands, at a hoose at Stubholm, where Wauchope Burn runs intae the River Esk, which is only eight mile frae the border itself. In spite o the risks involved, if Airchie deemed it safe enough hae would slip ower the border an help himself tae the odd fat yowe.

It was yin particular night when Airchie Armstrong had helped himself tae another yowe that an English shepherd saw him. Very quickly the shepherd raised the alarm. Now Airchie had a guid start, but hae could only go so fast with a muckle woolly yowe in his arms. Halfway hame, when Airchie was passing by Gilnockie Tower, hae started thinking aboot his infamous ancestor Johnnie Armstrong, how hae'd lived a fine an happy life, an had experienced hunders o adventures. But then Airchie reflected, 'Aye, but they catched him at the hinderend an hanged him by the neck.' An what's mair Airchie's English pursuers were breathing doon his ain neck.

Despite the weight o the sheep, Airchie managed tae get back hame before his pursuers could catch up with him. Hae had nae sooner got the door shut behind him than his wife unceremoniously told him, 'Ye'll be tain this night an hanged in the mornin.'

Airchie being the larger-than-life character that hae was just laughed this off an said tae his wife, 'I'll no hang for just yin daft sheep.' Then hae set aboot skinning that yowe as quick as anything, an wi mair skill than any kent butcher. Hae then rowed up the skin an aw the parts o the sheep that werenae wanted, an took them oot an flung them in the burn, the fast flow o which soon scattered the incriminating evidence. Nae sooner had hae done this than hae came back tae the hoose, thinking that it was nice an handy that the bairn was away biding elsewhere the night. Hae put that sheep carcass in the bairn's cradle, covering it up with the covers. Then hae sat doon aside it an rocked the cot wi his foot an preceded tae sing the skinned yowe a lullaby.

When the Englishmen barged through the door Airchie Armstrong was still singing his lullaby an gently shoogling the cot, as if hae was the finest father in aw o the isles. The intruders immediately accused Airchie as the sheep-stealer. Airchie in turn was fair affronted by this accusation, 'If I have stolen this yowe as ye claim I have then I ask tae be doomed tae eat the flesh that this very cradle holds.'

It was a very serious matter tae swear an oath in the Borders in those days, an the English pursuers were very impressed by what Airchie Armstrong had said. That they believed him was another thing awthegither. However, they searched the hoose an the garden frae top tae bottom, but could find nae sign o their missing yowe. At the hinderend they had tae gie up an away back hame tae where they came frae. Before they left though, the shepherd that had accused Airchie conceded that hae must have been deluded by witches, an when hae got back hae would see tae it that a branch o a rowan tree (otherwise kent as the mountain ash) was hung ower his sheepfold tae keep away any witches.

As for Airchie Armstrong, hae fair enjoyed eating the subject o his oath, as did the rest o his family.

MUCKLE-MOU'D MEG

Late in the reign o Queen Elizabeth I o England, King James VI o Scotland was very keen tae keep in with the English, as hae was expecting tae succeed the auld queen on her death an become the king o both countries.

At the time there was a lot o reiving going on an certain Border Scots were making wild raids intae England tae steal cattle. The king instructed his Warden, the bold Lord o Buccleuch, tae put a stop tae such raids.

Now, in his day, auld Wat Scott o Harden, which is three miles south o Hawick, had been as bad as anybody for making cattle raids intae England. Hae an his men would drive the cattle ower the border intae Scotland then back tae Harden House an hide them in the deep glen there. An did not auld Wat say yince, as hae was looking longingly at a fine English haystack, 'Howts, if only ye had some legs ye wouldnae be standin there.'

Young Willie was very much like his father, so when word came frae the Lord o Buccleuch that there was tae be nae mair reiving intae England, hae decided that hae wasnae going tae gie up cattle-stealing awthegither, that hae would have tae make do with stealing Scottish cattle instead.

It so happened that Sir Gideon Murray o Elibank Castle was an auld enemy o the wealthy Scott family. What's mair Sir Gideon had some cattle tae make any reiver's mooth water an make his arm itch tae drive them hame with him.

Even though Sir Gideon had warned the laddie an aw an sundry that there would be dire consequences for anybody caught anywhere near his cattle, the gallus young Willie an some o his cohorts set oot yin night for Elibank Castle, which is near the village o Ettrick Bridge.

However, Willie an his men were caught in the act an Sir Gideon slung the culprits intae his dungeon, so that Willie could reflect on his folly. Willie fully expected tae be hanged the very next morning, as Sir Gideon was keen tae make an example o him as a warning tae others that might be tempted by his fine cattle.

Early the next morning Sir Gideon was startled when his wife Lady Murray asked o him, did hae really intend tae hang young Willie Scott? Hae looked at his wife as if she'd lost her senses. But Lady Murray had been very taken by the appearance o Willie Scott, an she was very aware o the predicament o her youngest daughter, Margaret. The Murrays had several aulder daughters who had been successfully married off, but not so with Margaret. Due tae the wealth an standing o the Murrays o Elibank, suitors came frae far an wide with the intention o wooing young Margaret. That is until they clapped eyes on her. At which point they would quickly depart with embarrassing haste. She wasnae exactly bonnie, an was considered a very plain-looking lassie, an often referred tae as Muckle-mou'd Meg, or Margaret with the extremely large mooth. Whereas young Scott was handsome, very popular amongst his peers, an frae a guid family (be it a family that was at odds with the Murrays). Surely there would never be a better chance for Margaret tae get a fine husband? Why not release him if hae agrees tae marry Margaret?

When the idea was put tae Margaret, she was very pleased an took it upon herself tae dress herself up as a superior servant an sought oot some extra food tae take doon tae the dungeons for the prisoners. She got speaking tae young Scott an offered tae take a message frae him tae his mother. She also assured him that she would try her best tae save him.

Willie Scott was quite taken by this lassie, not by her looks but by her kindness tae him.

They were men o action in those days, an so a priest was immediately sent for.

When young Willie was taken oot o the dungeon hae expected tae die an a lot o folk were gathered tae see the spectacle. Hae looked at the tree with the noose (or gibbet) dangling frae it. Sir Gideon approached him an pointed oot the tree with the gibbet on yin side, an then pointed oot the priest an his daughter Margaret on the other side. For a few moments Willie was confused, until it was explained tae him that if hae chose the priest an the lassie, hae would avoid the gibbet. If hae married that kindly lass, who turned oot tae be Sir Gideon's daughter, hae would live an be turned loose. However, if hae chose the priest alone then the gibbet would immediately follow.

Though hae had the means o saving himself, Willie's pride wouldnae allow him tae marry someone not o his choosing. Perhaps if Meg had been a great beauty like his mother, who was kent as the Flooer o Yarrow, hae could have been enticed intae marrying her. So hae started tae walk bravely towards the gibbet, but the nearer hae got the uglier the rope looked. Naw, it wasnae a comfortable-looking rope at aw, an hae kent it would be a great deal less so yince it was drawn roond his neck.

Everybody was silent as hae slowed his pace, as if every step now was the result o a great deal o rumination. She was nae great beauty, an hae could have had his pick o lassies, but her kindly eyes stood oot frae the gathered crowd. Also, if hae allowed himself tae be hanged then hae would have nae wife at aw.

'Woah,' hae said, 'I hae tae say, Sir Gideon, I'm comin roond tae yer proposal, but would like three days tae think aboot it.'

'Neither the noose nor the priest are for waitin. Decide at yince,' demanded Sir Gideon.

There was a kindly look in Meg's eye, for the predicament that Willie was in, but there was mair tae it than that, there was a true liking for him, which would have opened oot intae a smile in almost any other circumstance. Hae kent for certain that she had a guid heart. Hae nodded his agreement. Then with guid grace hae kissed her, an they were married there an then.

Meg proved tae be a guid wife, an they had several children, an hae had nae regrets. Hae became Sir William Scott. In the centuries that followed Sir Walter Scott (the writer), Robert Louis Stevenson, the Elliots o Minto an Lord Heathfield aw claimed descent frae him.

12

SLEEKIT GOINGS-ON

ROBBIE HENSPECKLE

Robbie Henspeckle was a shoemaker in Selkirk, an hae liked tae ken everybody's business. Hae was a right nosey fella an nothing happened in the toon withoot him being yin o the first tae ken aboot it.

Yin day a stranger came intae his shop an ordered a pair o shoes. So whilst Robbie was taking the measurements o the man's feet hae o course asked him aw sorts o questions. But nae matter how hae put these questions, Robbie could get nothing oot o the fella. 'I'll be back in the morn. Have the shoes ready for me then,' said the stranger.

Aw the rest o that day Robbie quizzed folk aboot this mystery fella. Hae would gie a description o this stranger tae folk, but nobody could match it tae any living man that they kent. A few that travelled aboot the country a bit, however, could match such a description tae a fella that had recently died in a parish a fair bit away frae Selkirk. As mair an mair folk confirmed this accretion, Robbie started tae get a wee bit trauchled.

However, the stranger came back intae the shop the very next morning, just as hae'd said hae would. Hae promptly paid for the shoes an left. Despite Robbie's feeling that there was something awfie queer aboot this fella, his curiosity got the better o him an hae decided that hae would follow him. A couple o minutes later the stranger went intae the graveyard. When the shoemaker himself made his way intae the kirk grounds hae was met with a sight that had him shoogling like a leaf. The stranger had reached a particular gravestane an had lain doon in front o it. Having done so hae promptly vanished intae thin air.

Robbie immediately fled the graveyard an made for the nearest public place so that hae could tell his queer story. Very soon it was aw roond the hooses an Selkirk was in a right stramash. The civic chiefs decided that they would open up the grave in an attempt tae calm folk doon an find oot the truth o the matter.

After the gravediggers had done their work, an the lid was carefully lifted, there lay the corpse, complete with the new pair o shoes. Superstition being what it was back then the civic chiefs had a new, possibly sturdier, coffin made, an reburied the unsettled body.

Being a practical sort o fella, an no yin tae let a few qualms get in the way o a wee bit o extra profit, Robbie decided tae resell the shoes. Hae put them up for sale in his shop windae. It was tae be a terrible mistake, however, for no long after this, Robbie vanished.

On opening the stranger's coffin yince mair, the shoes that Robbie had made for him were back on the corpse's feet, an in his hand was Robbie's nightcap.

THE TRYST

No far oot o Yetholm, where the Bowmont Water comes doon atween the hills; ower tae the right o the road is a peaceful an bonnie place, where bairns doon through the years have fished for baggies, an probably still do. A long time ago though, when folk were far mair plentiful in the countryside, this was the setting for a very queer story. It is a story that certainly up until a few years ago some folk were still insisting actually took place. Such folk could usually point oot the particular thick o trees; especially if they'd heard the tale first-hand frae a particular lady o yin o the noble families o the district, as she apparently kent the granddaughter o the lass it concerned.

Mae was the daughter o a local shepherd, an everybody who laid eyes on her saw her as the flower o the Bowmont Water. Despite aw the attention she got frae the local laddies she wasnae interested in them. Some considered her 'ower snootie for her ain guid', others said it was just her age an that it did nae harm for a lass like her tae take her time in considering her options.

After a time a young man cawed Geordie appeared in the district. Hae had arrived after the last hiring fare tae work on yin o the farms. Mae immediately took a shine tae him, an it wasnae long after that she started seeing the newcomer. As weel as being tall, derk an guid looking, hae had nice manners an didnae snigger an say coarse things as soon as her back was turned, unlike some o the local laddies. Mae felt that Geordie was ower guid for grafting on a farm. An educated man such as Geordie should have a position. Mae kept such thoughts tae herself, however, as she didnae want tae suggest anything that might take Geordie oot o the district an away frae her.

On the other hand, other folk didnae see Geordie in the same way at aw. For aw his bonnie manners an showy way o speaking they got tae ken very little aboot him. Some reckoned hae had the air o a fly-by-night aboot him; others insisted that hae was '… full o air, hot air at that', whilst others again reckoned hae was just plain sleekit. But when pressed further, naebodie could exactly put their finger on what it was that was aboot him, an would leave long pauses when giving their opinion on the matter tae indicate the conviction o their belief. 'Ach, ye ken, I dinnae rightly ken what it is aboot him, but I ken there's something kind o queer, I'll tell ye that.' Adding tae this undercurrent was nae doot the sense o being hard done by felt by a lot o the laddies that had been turned doon by the bonnie Mae.

It was the middle o June an everything was coming tae life, the countryside was fair bursting with greenery, an the hawthorns looked like royalty the way they were robed in their rich white blossom. Mae was in full bloom herself. Whenever she was aboot in the thoroughfares she would leave a trail o silence trailing in her wake where the laddies an men were concerned. But Mae didnae have a care, didnae have a thought that wasnae tae do with her sweetheart Geordie. Her heart was fair puffed up with gladness, an her sparkling eyes matched the glorious weather.

It was weel past finishing time on this particular evening that the slim young lass was sauntering oot past the fields. By an by she made her way doon intae a wee secluded glen. At a small thick o trees she stopped, for this is where she was tae meet her Geordie. They could be by themselves with naebodie tae disturb them, an only the singing o the birds, the murmur o the burn an the reeshling o the breeze in the trees tae accompany their sweet kisses. Geordie had a bonnie way o speaking, hae would compare her eyes tae precious diamonds, especially when they lit up in her smile. An what hae said tae her only served tae make her smile aw the mair.

Because o her excitement at seeing Geordie again, Mae had arrived at their meeting place with bags o time tae spare. Tae pass the time an tae catch sight o Geordie as soon as his heid bobbed ower the brow o the hill, Mae decided tae sclim up yin o the trees. There she waited as the sun poured doon through the fresh green leaves. As she gazed at the leaves, she couldnae help thinking that it must not be possible tae get a brighter mair glorious green than they were just now. Then, as the time went on, doots began creeping intae her heid. 'What if hae disnae show? What if hae's gaun off me? What if hae's found somebody hae likes better? What if I'm no bonnie enough for him?' But she'd done herself up in the ways that hae'd asked o her, tae show up her bonnie blue eyes, the redness o her auburn hair, her white teeth, her long fingers an slender wrists.

Then as Geordie's derk hair appeared ower the top o the rise aw her doots evaporated. Now her heart soared an she found herself grinning frae lug tae lug. As hae made his way doon the slope, Mae was just aboot tae sclim doon the tree an run right up an throw her arms aroond him, when she stopped herself. An impish thought came intae her heid. Besides she was fair enjoying watching him saunter doon the slope in his braw white shirt that set off the broon skin o his sun-drenched face an arms.

She could hardly contain herself as she continued tae watch as hae paused beneath the tree below her. Hae cast aboot this way an that, obviously anxious tae see her coming. She smiled an sighed as she watched the way hae stood, the way hae turned his heid, the way hae sighed, even the way hae breathed. By now hae must have been wondering what was keeping her. The fact that hae seemed quite anxious as hae looked aboot for her in aw directions thrilled her, in that hae should care so much for her. Also, she had tae admit that she was enjoying the wee trick she was playing on him, given that she could end his worry in an instant by calling oot tae him.

Geordie looked back towards the slope yin final time before making his way intae the trees. Hae raised his right arm. In his hand was a spade. Mae hadnae noticed that before. Hae lowered the spade an used it as a walking stick as hae sauntered off intae the thick o trees. Hae stopped some yards away an preceded tae dig. What was this? Was there treasure buried here? An was hae digging it up tae gie tae her? After aw hae kent how much she liked her granny's jewellery. But didnae hae realise that she had nae need o mair jewellery or whatnot? She loved Granny's jewellery because it reminded her o her granny. That was why she had shown the wee jewellery kist tae Geordie in the first place. None the less she couldnae help but be excited by the thought o some wonderful present frae her Geordie as a symbol o his deep love for her.

An judging by the speed that hae was digging away hae was obviously a fine worker, an would undootably be showing his worth up at the farm. The weight o the claggy dirt on the spade wasnae slowing him doon any. Aye, nae doot aboot it hae was a fine strong man. Then she started tae think that hae wasnae exactly sure where the treasure had been buried, because frae deepening the hole hae now began lengthening it. But for the odd wipe o his brow, hae carried on howking away at the hole. Deep hae was digging, but surprisingly long as weel, like a trench, an soon that grand white shirt was sticking tae him an his hair was drookit with sweat. Still hae dug away like a man possessed an questions started appearing in Mae's heid. At first she chased them away as if they were irritating midges, but like the midges they would come back just as quick, an if anything in ever greater numbers, tae trauchle her aw the mair. 'What was Geordie up tae? What was this hole for?'

After a while Mae had tae admit that the size an shape o the hole that Geordie was howking would be ideal for the burying o a body. The thought was nae sooner oot than she recoiled frae it, angry at herself for thinking such a scunnersome thing. After briefly thinking that Geordie was maybe just helping somebody oot that couldnae afford a proper funeral, the whole thing clicked. With a sense o dread an shock she now saw his compliments o her in a different light. An in doing so she began tae realise why hae had wanted her tae dress in the way that hae had requested.

'Weir yer diamond clasp at the front o yer hair, it fair shows up yer bonnie blue eyes.'

'Weir yer amber earrings, it fair shows up yer bonnie auburn hair.'

'Weir yer pearl necklace, it fair shows up yer bonnie white teeth.'

'Weir yer ruby broach, it fair shows up yer bonnie red lips.'

'Weir yer silver rings an gold bracelet, it fair shows up yer long fingers an slender wrists.'

Little had she kent that when she had opened the kist o jewels for Geordie tae see that the glint in his eye was less tae do with her an mair tae do wi the contents o her granny's kist.

Though the sun was still shining, Mae shivered as she realised that the hole was for her, that Geordie meant tae do her in an bury her in the hole, just tae get his dabs on her granny's jewels. An so Mae clung on tae the bough o thon stout tree as if her life depended on it, because it surely did. Mae was feart tae move a muscle for fear o betraying herself. At times she was even feart tae breathe an would await the rise o the breeze afore she would let go her breath.

Eventually Geordie finished the hole. Hae propped up the spade against the broad trunk o a tree an ventured oot tae the edge o the trees an sat himself doon below the very tree that Mae was in. As hae sat there with his arms folded, it was as if Mae hung on tae a single moment as she held her breath in her fear. She could see her chest stotting up an doon an she could feel her heart dunting in her lugs, such was her distress. Now she even feared that the wind would shoogle the pearls aboot her thrapple together an gie her away. But the time dragged on as Geordie waited below her tree. Now an again she managed tae get herself intae a state where she could breathe mair or less alright. In doing so she would start tae become aware o things roond aboot her, a bit o birdsong an the like. But the thing that pervaded aw o her awareness was the sweat frae Geordie's exertions. It was bowfin, she'd never smelt anything like it. It was just plain manky, like something that had died an had been left tae putrefy. An so she clung there, trying tae screw up her nose in an attempt tae stop the scunnersome guff frae getting in. Aw sense o love for him had now entirely dwined away.

After what seemed like hours, Geordie got himself up an strode back up the hill. Mae was just sclimmin doon frae the tree when hae suddenly swung back roond an glowered at the thick o trees.

Mae froze. Her right leg was stretched doon whilst her left was hunkered upwards. Geordie gave a bit o a shoogle o his heid before resuming up the hill. It wasnae until hae had disappeared ower the brow that Mae minded how tae breathe again.

Geordie was never seen again in the district. It was said that hae had never even gone back tae the farm for the wages that were due tae him. When folk asked Mae what had happened tae him, she told them aboot the hole hae had dug for her. It wasnae a nice story for her tae tell aboot herself, but she realised that the mair she told it the less likely that Geordie would ever dare tae show his face in this part again. For stories had an awfie lot o power in those days. Yin or twae folk would ask, 'Did ye ever see his feet?'

Tae which she would throw back her heid, fair black affronted, an respond, 'Certainly not, what dae ye take me for?'

'Maybe hae's no got feet like normal folk. Maybe it wasnae yer jewels hae was after at aw.'

It took her a time tae realise why folk asked such a question, that it was little tae do with dooting her reputation, an mair tae do with finding oot the true identity o the stranger. The thinking frae some was that Geordie had cloven feet, that hae'd been the Devil himself, an that what hae'd been after frae her had been her very soul.

As for Mae, weel there were many that said she never looked as bonnie again after Geordie left. Certainly she wasnae as showy. But there were others less quick tae gie their opinions, but when pressed in the right manner, said that there might be the odd line that whiskered oot frae the side o her eyes, but there was also a certain spark o wisdom that came intae them when she smiled, that burned deeper an mair bonnie than any diamond or in any young lass come tae that.

The Twae Blacksmith Apprentices

At yin time the blacksmith at Yarrowfoot (now referred tae as Yarrowford on modern maps) took on twae apprentices. Brothers they were, an both sturdy healthy laddies. After only a matter o months the elder brother started tae get awfie worried aboot his younger brother, as hae seemed tae be tired aw the time, looking very peelie-wallie, an had nae appetite tae speak o. With each passing day the laddie was worse, hae seemed tae be dwining away tae a rickle o bones. O course the aulder brother was always asking the younger yin what was the matter with him, but the younger brother didnae ken why hae was that oot o sorts, an couldnae gie any clue as tae what was happening tae him. Finally the exhausted brother got that peelie-wallie that hae didnae ken where tae put himself an hae just broke doon greeting. The aulder yin, fair desperate tae help the younger yin, asked him if hae'd had any dreams o late. Tae which the no-weel brother said, 'As a matter o fact I have, now ye come tae mention o it. I've dreamt yince or twice that I was a horse, an that I was been rode hard through the countryside on derk nights. An then when I waken I have these marks on ma neck. See!'

An right enough there were red marks on the laddie's neck, as if there had been a bridle roond his neck. The aulder brother kent what it was right away, for hae'd heard o such things. It was kent at that time that now an again witches would sometimes throw a bridle ower somebody's neck when they were sleeping, turning the unsuspecting sleeper intae a horse, so that a witch could lowp on tae their back an ride away tae their covens after derk. So hae told his brother o his suspicion, an said that hae'd sort it oot. The only thing hae need dae was tae swap places with him in their bed that night. Instead o sleeping on the ooter edge o the bed the younger brother must sleep on the side next tae the wall. An so it was that night that the aulder brother settled doon in his brother's place on the side o the bed that faced intae the room. Whilst his brother quickly fell intae a sound sleep the elder yin shut his eyes an just pretended tae sleep.

Hae didnae have tae wait very long afore the bedroom door creaked open. Quick as a flash a bridle was thrown ower his heid. Nae sooner was that done than the laddie rose up an turned intae a muckle big horse. In this form the laddie could make oot that the witch was none other than the blacksmith's wife. She lowped on tae his back an off they went oot intae the derk, an soon they were tearing ower fields, ditches, hedges an ower wild moors. However, they didnae travel very far, for the trysting place for the witches this particular night was at a neighbouring laird's cellar. The witch put her horse intae an empty stall o the stable, afore she heided for the cellar. Whilst she an her cohorts tore intae the laird's claret, the laddie rubbed an rubbed his heid against the wall till the bridle came off. Nae sooner than it fell tae the ground than hae turned back intae the sturdy laddie that hae was. Whilst the witches got mair an mair drunk with the drink, the laddie waited in the stall with the magic bridle in his hand.

Eventually the drunken coven broke up an the witches aw went their separate ways intae the night. When the blacksmith's wife came back intae the stable the laddie lowped oot o the stall an wheeched the bridle ower her heid. Nae sooner had hae done so than the witch rose up intae a fine grey mare. The laddie lowped on the mare's back an skelped it oot intae the night. Hae dug his heels intae its flanks an rode that horse as hard as hard could be, for what the witch had done tae his brother. Hae rode it up an doon the moors until, on the rougher ground, it cast a horseshoe frae yin o its forefeet. Still hae rode that horse up an doon an roond aboot till hae could find a smiddy that was open. Hae asked the blacksmith tae fit new horseshoes tae both forefeet. Then off hae set again on that horse, an hae rode that horse up an doon a ploughed field tae get the witch as tired as tired can be.

Then hae rode that tired horse back hame, just in time for the witch tae crawl back intae her man's bed, afore hae was due tae waken tae get ready for his work. At first the blacksmith couldnae rouse his wife, but when hae did manage tae shoogle her awake she complained that she was nae weel, an just tae leave her lying. The blacksmith though was that worried aboot his wife, for it wasnae like her, that hae came through tae the twae apprentices an roused the auldest brother an sent him tae fetch the doctor for his poor wife.

When the doctor arrived at the bedside o the blacksmith's wife, hae was aw for taking the woman's pulse, tae which she flatly refused. The doctor tried an tried tae persuade the wife, but she was having none o it. Finally the blacksmith lost his rag an pulled the bed-claes off his wife. Tae his absolute horror, there was his wife with horseshoes nailed tae both her hands. Whit's mair her sides were badly scratched an battered black an blue as weel where the aulder brother had dug his heels intae the horse.

It was at this point that the twae brothers told the blacksmith what had been going on with his wife ower the months that they'd been there. As they were explaining the story tae the blacksmith it came oot that the younger brother did have some inclination aboot what had been going on, but hadnae kent what tae say aboot it given that it was their boss's wife that was ill-using him, for fear o losing his job.

The very next day the blacksmith's wife was tried as a witch in Selkirk by the magistrates, an was condemned tae be burned tae death. As for the younger brother, hae soon made a full recovery through being fed butter made frae milk frae the coos that grazed in the kirkyaird. This was a weel-kent remedy in those days for consumption caused by being witch-ridden.

13

Some Weel Kent Characters

The Gaberlunzie Man

Celebrations for the Harvest Kirn were in full swing on Cairnkebbie Farm, which was on the Foulden Estate near Duns. In the field there was great excitement because aw the men were taking turns at throwing their sythes, or sickles, at the last sheaf left standing. The man that was able tae cut it doon with the whirling blade o his scythe would present the sheaf tae his favourite lass, who would dress it aw up in ribbons an caw it The Maiden. She would then put it up in a prominent place in the byre an it would be left on display there till the New Year, whereby it would be fed tae the auldest horse on the farm. The tenant farmer William Hume had put on plenty o food an drink tae see them through aw the dancing an fun that would be going on in the barn this night. It should have been a happy time for him; what with the harvest successfully brought in, there was a lot tae be thankful for. However, for aw o this hae couldnae help glowering at yin o his men. Bill Kerr was a cheery fella an decent in every way, but for aw that hae was only a farm labourer with little mair than fresh air in his pockets. The farmer an his wife wanted better than such a lad for their beloved daughter Lily. But the sparkling looks atween Bill an his daughter were in marked contrast tae his ain barely suppressed derk glowers.

Everybody was dressed in their Sunday best. Bill Kerr himself had added a wee rosebud tae every yin o the buttonholes on his waistcoat. The lovely Lily had hitched up the folds o her kirtle an shoved them through the pocket holes, so that she could dance aw the dances that she wanted tae dance withoot her skirts getting in the road. The blind piper Tam Luter had kept everybody up on their feet for a guid hour afore there was a stramash at the barn door. A gaberlunzie had showed up. Jock Hedderick was aw for keeping him oot in the cauld, but Will Aitken was on the side o the beggar. The gaberlunzie claimed the right o every licensed beggar in the land, tae be allowed tae join any festival feast. His claes were in rags, but his bags were filled with bread, meal, spindles an whorles (the like o which spinners might want), an hae had his pipes tucked below his armpit. Jock an Will were just aboot tae come tae blows ower the raggedy fella, when the gaberlunzie himself put an end tae the kerfuffle by dodging roond the pair o them an intae the thick o the company wi a muckle daft smile on his face. Lily herself relieved the gaberlunzie man o his bags. She set them on the windowsill for safe keeping. She then fetched him a mug o ale. Hae immediately emptied the contents o it ower his neck, an then hae was away intae the thick o the dance. Hae was lowping like a salmon, chucking his hat, with the pheasant's feather in it, high intae the air. Every now an again hae shouted 'Hooch' that loud that it shoogled the very rafters. A lot o folk thought that hae was carrying on like a man with a serious dose o fleas. Not only that but hae was laughing aw the time, an kissing the lassies intae the bargain.

After that hae picked up his pipes an before anybody kent it hae had aw the dancers fair mesmerised with excitement with the tunes that hae blew oot. Tune after tune hae dirled oot, hardly giving the dancers a chance tae draw breath, let alone himself. Yet, nonetheless, hae still noticed that Lily, the host's daughter, seemed a bit distracted. She was the bonniest lassie there an had a very sweet nature, but something was vexing her. Hae made up his mind tae speak tae Lily when hae got the chance. A wee while after, the gaberlunzie man took pity on the dancers by taking a bit

o a rest frae the pipes. As hae danced wi Lily while the blind piper
took up his pipes again, she quickly let on that Bill an her were
trysted, but that her father was set against the match because her
man had very little siller. 'Dinnae ye fash yerself, Lily. You stick
by yer Bill an things will turn oot fine for ye both.' The gaber-
lunzie man then took up the pipes yince mair with gusto. After
each dance the dancers were left bent double, pechin away for the
want o breath, an drookit wi sweat. After the gaberlunzie had the
company on the very point o collapse, hae finally laid the pipes
doon, an started roaring oot jokes an songs instead.

It was whilst hae was in the midst o telling some ootlandish joke
tae the company that a number o horses drew up ootside the barn.
Soon after a King's Messenger an seven o his men appeared at the
barn door. 'Quiet!' the King's Messenger roared. 'A beggar man
has stolen the royal silver mace this very day. An *there* is the very
beggar man that took it. I have seven witnesses at ma back that
seen this man grab the mace frae the mace-bearer's hand in broad
daylight on the streets o Duns an run away with it.'

'An if hae ran as quick as hae could dance, even the king's grey-hoonds wouldnae have been able tae nip at his heels,' put in yin o the company as a cheeky aside.

The gaberlunzie immediately sought the protection o his new friends. Given that they were aw in such guid spirits, what with the ale an the fine entertainment, none o them were willing tae gie the gaberlunzie up, including the farmer himself.

'Hae has shared in ma hospitality,' said William Hume in a dignified fashion, 'hae is ma guest an hae's been the cheeriest yin we've ever had, an hae has the perfect right tae the feast cos his badge bears the royal arms.'

'Aye, that's right, that's tellin him,' shouted the guest, 'an I am none other than Wat Watson, the king o the beggars.'

'Right then, if that's the way ye want it. Search his bags,' ordered the King's Messenger.'

'Hold on, I'll dae that ma self, if ye just hand me ma things.' Nae sooner was this done than the gaberlunzie delved deep intae yin o his bags. A moment later, tae everyone's amazement, hae pulled oot the silver mace itself. Then hae started tae swing the mace roond aboot his heid shouting, 'Come on ye hounds o royalty!'

The crowd, somewhat owerexcited by aw that had gone on, roared the gaberlunzie on. Even the farmer piped up, 'We'll watch yer back for as long as there's a flail aboot this barn.' An so every man grabbed himself a flail or a cudgel. The king's men drew their swords in swift response but seemed very reluctant tae put them tae use on a crowd armed only with tools frae the barn. Somehow during the stramash that followed the wily Wat Watson managed tae scatter the guests oot o the barn, an then quick as a flash hae slammed the muckle door an drew the bolts across, snecking inside aw the king's men. Then hae shouted through the keyhole, 'Ye can tell yer king that I am none other than the king o the gaberlunzie men, an I hae ma loyal subjects here tae protect me. But I am a fair king, so when I pass through Duns the morn I'll let the king ken ye didnae dae so bad.' Then, as if in celebration, hae put his pipes under yin arm an the mace under the other, an hae preceded tae march smartly roond the barn. The farmer decided tae gather some o the guests an make off tae the farmhoose. There hae had an impromptu meeting with them tae discuss the predicament they found themselves in an what they should do aboot it. In the midst o their deliberation they heard the sound o a horse galloping off. It was quickly realised that the gaberlunzie had helped himself tae yin o the knight's horses as weel as the royal mace.

The dunting o the horse's hooves as they dwined away had something o a sobering effect on William Hume. The realisation o what hae'd done hit him like a pail o cauld water in the face. Hae'd sheltered a thief. No only that but hae'd defended him against the king's men. What's mair, hae'd allowed the gaberlunzie man tae keep the royal mace. As a result, things were likely tae go very badly for him. After a great deal o heated discussion with his men, it was decided that it would be best tae let the king's men free, but only on the condition that they left the farmer an his men alone. Strangely, when this condition was put tae them, the immediate response frae the king's men locked inside the barn was yin o laughter. The captives readily agreed tae the terms o their release though, an were duly let go.

William Hume hardly got a wink o sleep that night, an the very next morning the King's Messenger showed up at the door with a document. It accused him o being in cahoots wi the gaberlunzie man, in helping with the stealing o the royal mace, the harbouring o that thief, o the abusing an imprisonment o the king's knights, an the stealing o a fine horse. Hae was tae attend the court at Duns that very day. It was signed in the hand o the king himself. In his desperation the farmer appealed tae the King's Messenger, 'Ach I'm in an awfie lot o trouble. Is there anything that I can dae, dae ye think, that might help matters for me?'

Despite the stramash o the previous night, the King's Messenger looked at the farmer with a degree o sympathy. 'The only thing that I can really advise, is that ye take yer daughter with ye tae the court, because the king fair likes tae see a bonnie face.'

It was a sorry cavalcade that made its way tae Duns that day. There was William Hume an his wife an daughter in attendance, forby Bill Kerr who, for some reason, insisted in going along.

Yince they reached Duns they were instructed tae go up tae the wee castle that was being used tae house the king's soldiers. The party was led intae a muckle big hall where James V himself was sitting waiting for them. Hae was dressed up tae the nines in the maist shiny fantoosh robes, an was accompanied by a number o his knights.

'William Hume o Cairnkebbie stand forward!' boomed a severe voice. Shooglin like a leaf, William made his way through, an stood before the king while the charge was read oot in a grave voice.

'Is this aw true?' barked the king.

William couldnae contradict a single word o it, for it was indeed the truth.

'Ye realise that these are serious matters, an what the punishment could be?'

'I fear it'll cost me ma heid.'

The king nodded soberly. 'Then why did ye protect this beggar man?'

'I would like tae say that the gaberlunzie wove a spell ower us aw, but I cannie say that that is exactly true. But hae did bring us such joy, such laughter, such verve in his music, as if hae were a very king in aw o his entertaining ways.'

King James an his men laughed at such a description, not that William Hume noticed this reaction. Hae paused in his explanation before saying, 'An so at the time, as hae'd treated us aw tae such a grand time, it just seemed entirely wrong tae hand him ower, an so we took it intae oor heids tae protect him as the guest that hae was, like it couldnae be helped.' The poor farmer then hung his heid in sheer helplessness.

King James turned tae his men, 'Weel then, does that satisfy ye aw? I wagered the lot o ye that me as a beggar would so win the trust an hearts o ma subjects that they would use their might tae protect me against ye.'

'Aye, nae doot aboot it, Yer Grace has won,' an some o the knights were rubbing their limbs an other parts o their bodies that had taken the brunt o the flails o the night before, as if in reminder o the skirmish.

'Very weel,' said James, in order tae draw everybody's attention back tae the matter in hand. William was in such fear o the announcement o his punishment that hae hadnae cottoned on tae the royal ploy, an couldnae prevent his knees frae shoogling when the king went on, 'I will now put on ma cap tae pronounce yer fate.' William waited for a few seconds but nothing was said, so hae eventually raised his heid tae see what was going on. It took him a moment or twae tae take in the heid-gear that the king had adorned. It so happened that his royal highness had on the feathered hat o the gaberlunzie, an in his hand was the silver mace.

'Now, William Hume, I will go easy on ye on twae conditions. The first yin is that ye allow the marriage o yer bonnie daughter tae Bill Kerr, tae who I'm granting 200 merks as a marriage portion. The other is that ye dinnae let on who yer particular guest was at the kirn. That being understood an for the defence o masel I'll grant ye free use o the lands at Cairnkebbie.'

Aw too soon the barn was again shoogling wi joy an laughter. This time it was for the wedding o Lily an Bill. For such a happy occasion there was only yin wee thought o regret atween them aw, that Wat Watson the gaberlunzie man wasnae there among them.

DANDY JIM

In the year 1829, after the scandal o the Burke an Hare murders came oot in Edinburgh, talk aboot bodysnatching an the resurrectionists was rife far an wide, including in the Scottish Borders. It so happened that late yin night, deep intae the autumn o that year, a young Kelso fella cawed James Goodfellow was making his way back hame. Hae was also kent as Dandy Jim on account o the fantoosh claes hae was apt tae wear, as if hae was yin o the weel-tae-dae folk. Hae'd been away seeing a sweetheart in the wee village o Crailing, but had spent mair time with her than hae'd intended, which is often the way with such matters o the heart.

The moon was naewhere tae be seen an so the night was particularly derk. The young packman was just coming by Eckford kirkyard when hae noticed a queer light flashing behind the wall. Now hae wasnae yin o the superstitious type an wasnae feart o very much, so hae stopped an looked ower intae the cemetery. Although hae couldnae see much in the murk, hae reckoned that there were some men in there making their way tae the grave o a newly buried body, an that the flashing o the lights was caused by them passing atween the heidstanes wi their lanterns. As Dandy Jim stood a bit longer, hae was sure that hae could make oot a body, an if it was it had tae be o the man that had been buried just the day before. Hae decided tae creep along behind the wall till hae reached the glebe (kirk field) where the resurrectionists' horse was hidden. Hae untied the horse frae the fence an then gave it a right skelp on the bahookie tae send it galloping away ower the fields. O course the bodysnatchers couldnae fail tae hear the whinnying o the horse an the thunder o its hoofs as it galloped away. The packman could now clearly make oot that there was just the twae o them there, as the twae gliffed men frantically sclimmed ower the wall tae get after their horse. Dandy Jim lowped ower the wall intae the kirkyard an made his way ower tae the newly dug up body. Hae then humphed the corpse oot o its coffin an hid it behind a gravestane, an put himself in its place in the coffin an just waited.

By an by, the twae bodysnatchers caught their horse an brought it back. They then came back tae the graveside an lifted the packman up an put him on tae the gig that they'd harnessed the horse tae. Then the bodysnatchers rode away tae a lonely part o the road near the village o Maxwellheugh. By the time they'd reached this place Dandy Jim had found oot that the twae men were tailors frae Greenlaw, nicknamed the Rabbit an the Hare. By the shoogling in their voices an the jerkiness o their actions, Dandy Jim could tell that the courage o the twae thieves was fading quick. It came tae the point that the Rabbit couldnae hold his wheesht any mair, such was his panic. 'Hare, I'll take an oath before a Justice o the Peace that I felt that body stir.'

It so happened that the Hare's panic was even worse. 'Rabbit, mun! Rabbit, mun!' hae muttered, in the sore an hushed sounds o dire mental trauchle. 'Ma mind tricks me, ma mind tricks me, for we have mistaken oor man. They must have buried this yin alive, I'm thinkin; cos, as I'm a livin sinner, the corpse is warm yit!'

This was the moment that Jim had waited so patiently for. Slowly hae lifted the cloot that had been placed aboot his face, an spoke in such a grave tone o voice, 'Warm, did ye say? An pray, what would you be if ye'd come frae where I have been?'

The Hare saw the supposed deid body move. Tae his fankled imagination its action, as it uncovered its face, bore a scunner-some likeness tae that o a deid man rising frae the grave on the last day. Hae heard the grave sounds that addressed him by name, an hae lowped oot o the gig an straight ower the fence, an in a blink was running for his life ower the open ground o Spylaw. At the very same time the Rabbit, on his side o the gig, slid tae the ground an burst through the hedge on the other side o the road, an made for the High Wood o Springwood Park as fast as his wee legs could take him.

The body then gave oot a muckle hearty laugh, turned the horse's heid aroond an made his way back hame tae Kelso, his ploy having worked entirely, meaning that hae was now the proud owner o the horse an gig, an had found oot plenty tae trauchle a wide network o bodysnatching. As they were never claimed, nor indeed any enquiries made aboot them, Dandy Jim used the horse an gig as the first assets o what turned oot tae be a flourishing wee business for him.

MIDSIDE MAGGIE

Up the back o Carfrae Mill there is a farm cawed Tollishill that looks oot on tae the hills. Somewhere aroond 1647 Thomas Hardie was the tenant o that farm. When hae reached the age o thirty hae settled doon an got married tae the bonnie Maggie Lyestone. Previously she helped oot at the inn at Westruther.

Even though it was a nine-mile walk there an back through the hills for him, Thomas had been something o a regular there at nights. An that is how Maggie an Thomas had become acquainted. No long intae the marriage there were twae winters in succession that were severe with the snow, covering the fields an hills for months on end. As a result Thomas lost many sheep, an after the second o such winters was very close tae ruination. When it came roond tae Martinmas on the 1st o November the rent was due but there wasnae the money tae pay it. The Earl o Lauderdale, who was the landlord, was a notoriously hard-nosed man, so Thomas an Maggie Hardie kent they were facing eviction unless they could come up with something. Weel, Maggie being a young determined sort o woman decided tae go an see the earl, so she set oot, despite the heavy snow, tae walk the eight an a half mile through the Lammermuir hills tae Thirlestane Castle, which was the earl's residence. The castle is a muckle sandstane building with twae circular towers.

The earl decided that hae would see Maggie, as hae was partial tae gazing at bonnie women. An because Maggie was bonnie by anybody's standards, hae listened tae her story. However, as it became apparent that the annual rent would not be forthcoming, hae began tae lose patience. When Maggie had concluded her sorry account hae wasted nae time in launching his response. 'Ye go on aboot how long the snaw has lain, an how long the snaw is likely tae lie through this winter, but it's nae excuse for nae coming up with the rent. Ye do realise that it's me that'll be ruined, an where will we aw be then?' Then his eyes started tae glint an a mischievous smile stretched across his face. 'But I'll make a deal with ye. As the snaw will lie weel intae next year according tae you, if ye bring me a snawbaw on the 1st o June that will cover yer rent.'

Maggie looked blankly at him.

'Just yin snawbaw, that's aw I'm asking.' The earl laughed, fair amused at himself, an Maggie was dismissed withoot further ado.

What was for sure was that, after his wife had trudged aw the way back hame through the snow, her man didnae think much o the earl's tasteless joke. However, Maggie, nae saying a word tae her man, took herself off up intae the hills when hae was oot the road seeing tae the sheep. She scrambled intae a narrow cleuch that would never see a blink o sun during the winter months. It had a wee cave at the back o it. Maggie bent doon tae make a snowball. She pressed the snow as hard as she could intae itself, heedless o the bitter cauldness in her fingers. She put the snowball deep intae the cave, then sealed the entrance with stanes an moss.

Atween that time an the 1st o June she both fretted an prayed that the snowball would survive. By the 1st o June itself the snow in the fields an hills was long gone. In atween times she hadnae checked if the snowball had survived for fear o letting warmer air intae the cave. Early on the 1st o June, before the sun had a chance tae rise, Maggie arrived at the cave with a basket in hand. She tore oot the stanes an moss an delved deep intae the cave. There, after fumbling aroond in the derk, she felt the icy tingling o her snowball. She quickly placed it in her basket an made for Thirlestane Castle as fast as she could go. Breathlessness combined with panic, but the Earl o Lauderdale was tae witness Maggie's snowball, as the melting water frae it dripped atween the weave o her basket. Say what ye like aboot thon earl, on seeng the snowball hae laughed guid humouredly an stuck tae his word, an not a ha'penny o rent was asked for frae Thomas an Margaret Hardie for that particular year.

Things got better for the couple money-wise after that, an in fact frae the year 1651 the fortunes o the Hardies an the fortunes o the duke reversed. Ye see the Duke o Lauderdale sided wi Charles II (an the Stuarts) in his campaign tae overthrow Oliver Cromwell an his roondheids. So the idea was that whilst the roondheids were busy wi their campaign north o the River Forth, Charles II's forces, along wi his Scottish allies, would gallop doon tae London an retake the throne. However, Cromwell had made provision for this possibility an routed Charles' forces at the Battle o Worcester. The Roondheid casualties numbered only a few hunder, whereas the Royalists lost 3,000 men, wi 10,000 being taken prisoner. Some 8,000 Scots were deported. The Duke o Lauderdale was arrested an jailed for life, resulting in him being snecked up in the Tower o London.

In contrast tae this, in the years that came after the ill-fated Battle o Worcester, Tollishill Farm an the Hardies prospered. They prospered tae such an extent that they had enough siller tae see tae aw their needs, an save up a fair pickle o gold coins intae the bargain. Amongst the gold was the rent that they hadnae paid for the nine years o the earl's imprisonment. Whereas the maist o the tenants were happy no tae pay their rent tae their absent landlord, Thomas an Maggie were intent on paying every penny. Maggie never forgot how the Earl o Lauderdale had kept his promise tae them in their time o dire need. It occurred tae Maggie that if the earl had their rent money, which was a fair pickle, hae would have the where-with-aw tae bribe his way oot o jail an escape tae France.

'We could gie him oor rent money,' suggested Maggie tae Thomas.

'Aye, but where hae is we cannie reach him.'

'We could take it tae him.'

'What, tae London? Dinnae be daft, woman. They'd have the money off ye as soon as ye crossed the border. Besides the road is nae place for a bonnie lass like yersel.'

But Maggie was persistent, she told Thomas that she would bake a muckle bannock an hide aw the money in there. After aw, nobody would think o stealing a bannock, particularly if it was stale an hard. What's mair she could dress up as a man, so that she wouldnae be seen as just a weak woman, an she wouldnae draw the wrong kind o attention forby. She baked a muckle thick bannock frae pease an barley meal with the richest filling imaginable.

So it was that Maggie got herself done up as a man, an her an Thomas set off for London. They got as far as Stevenage, where they happened tae meet in with General Monk, who was a supporter o Cromwell. Whatever it was, the way she moved, or a feminine curve she had failed tae sufficiently cover, the general saw through Maggie's disguise right away. However, hae was intrigued an so hae decided tae get Maggie's story. Now, even though hae was on the opposite side, hae was very taken by the loyalty that Maggie an Thomas were showing tae their landlord. So much so that Kind Geordie, as hae was kent, promised that hae would petition for the Earl o Lauderdale's release.

Three weeks after, Thomas an Maggie reached London Tower. By now she was back in her mair accustomed attire. There she sang songs tae the guards, who became enchanted by her an her singing. She then asked them if she could sing under the window o the Earl o Lauderdale's residence. She chose tae sing 'Lauder's Haughs'. On hearing the song the Earl o Lauderdale was owercome with emotion, as hae reckoned hae'd never set eyes on his hamelands again. When hae looked oot his window hae immediately recognised his tenant Maggie. On seeing her hae cawed upon the guards tae ask the young woman tae come an visit him.

The Earl o Lauderdale's face lit up on seeing Maggie. 'I have something for ye,' she told him.

'Not another snawbaw surely?' smiled the earl, in spite o his predicament.

'Naw,' she lifted the muckle bannock oot o her basket an handed it tae him.

'I doot this is stale an past its best,' commented the earl.

'I wouldnae say that,' said Maggie, 'It should serve ye very weel the way it is.'

The earl looked puzzled.

'Break it open an ye'll see what I mean.'

Hae broke it ower his knee an yin or twae gold coins tumbled oot tae the delight o the earl, especially when hae found oot the full extent o the money secreted in the bannock.

'Every bannock has its match, but the bannock o Tollishill,' announced the earl happily.

On returning hame, Maggie an Thomas soon learned that General Monk had kept his promise, an that the Earl o Lauderdale had used the money tae take himself off tae France. Also, Charles II had been crowned king at Scone. It was only a matter o time after that when it would be safe for the Earl o Lauderdale tae return hame tae Thirlestane Castle. Due tae his loyalties tae the sovereign, the earl was rewarded with a significant position. Despite his increased importance an responsibilities, it didnae stop him visiting the Hardies at his earliest opportunity. Accompanying him was an extensive retinue, so that hae was able tae show the magnitude o his appreciation for the Hardie's loyalty tae him. Also, the Earl o Lauderdale bestowed on Maggie an her family a silver griddle. It was prized in the family an was handed doon the generations until the turn intae the twentieth century, when it was presented tae the National Museum o Antiquities in Edinburgh, where it can be seen tae this very day.

14

O Love an Revelation

The Vigil o Lady Jean Douglas

At the time when Neidpath Castle, near Peebles, was inhabited by the earls o March, there arose a great romance atween Lady Jean Douglas an the son o the Laird o Tushielaw. It was said that their mutual affection grew in the leafy splendour o the long-gone Ettrick Forest. That they met in secret in the forest's cool glades, or by the banks o the broad River Tweed, undootably heightened the thrill o their meetings, but such discretion was deemed necessary by both parties. Although Jean's sweetheart was a fine young man, an the son o a laird nae less, his station in life was still considered way beneath that o the Earl o March an his family, an therefore not at aw suitable for marriage tae his fine daughter.

So Lady Jean an the son o the Laird o Tushielaw continued tae meet in secret. However, as is so often the way, when a romance truly blossoms it cannot hide undiscovered for very long. How the affair was revealed has been long forgotten, but aw it would have taken is a simple accidental glance frae eyes o those whose interests lay not with the young couple, an who knew o the consequences o delivering such news tae the Earl o March, tae say nothing o the reward that could be expected.

When Lady Jean's sweetheart was ordered tae stay away frae her, hae could not bear it for long. Hae was not o an age tae merely pine an suffer amidst too many reminders o his great love, an so hae took himself off forthwith tae France tae fight for king an country, an in the doing so, perhaps hae would eventually find another life that hae desired.

The Earl o March was delighted that the way was now clear for suitors o quality tae advance their claims for the hand o his fair daughter. That Lady Jean was bonnie there are ballads that certainly attest, but it is unlikely that such a beauty has ever been so quick tae wither an dwine. It is likely that a fair part o such beauty, the spar-kling o her eyes an the glow o her skin, can be attributed tae the guid effects o the son o the laird, for before she met him she could often be a peellie-wallie lassie. An so she took the news o her sweet-heart's departure for France as if it were a physical blow, a blow that lingered an buried itself deeper an deeper intae her chest, taking aw but a whisper o breath frae her. Within a few days she had taken tae her bed. As the days turned intae weeks her colour continued tae dwine away an her youth with it. As the weeks became months even the Earl o March had tae concede that hae'd seen healthier ghosts. Such a man was not accustomed tae relenting, but hae finally had tae concede that tae have the son o the Laird o Tushielaw as a son-in-law was far better than tae have nae son-in-law at aw, and, mair tae the point, far better than having nae daughter at aw.

So, with reluctant guid grace, hae gave his blessing tae his daughter on her choice o husband an immediately sent word tae France for young Tushielaw tae come hame right away tae be at his betrothed's side.

On the day that young Tushielaw was due tae pass through Peebles on his way back tae Tushielaw itself, Jean, though still very weak, persuaded her father tae have her settled on the balcony o a certain hoose in the toon. The hoose belonged tae the family, an it was beside the very road that her sweetheart would pass by. It is said that in her sheer will an desire tae make oot the merest hint o his coming, that she pushed her body's organs tae such a pitch that she was able tae tell the sound o his horse's hooves at a fantastic distance.

When she saw the muscular young man riding towards her, hae was everything she remembered an imagined. Hae was every inch the vibrant figure o manhood. However, although the fit young Tushielaw, the conquering hero, riding with great verve, saw quite clearly the pale woman looking frae the balcony, hae did not offer a spark o recognition. Hae had not expected tae see his Jean at that place, nor did hae expect tae see her so declined, an so hae rode on unabated, seeing nae reason tae slow his pace. Tae Lady Jean it was as if she were but a pale ghost already, such was her shock. In that moment aw hope evaporated in her. Her body, which had already been severely weakened, now finally gave oot. She died on that balcony in the arms o her nurses.

A PRICELESS RING

Henry Erskine was a minister in Chirnside an in 1674 hae had the great fortune tae marry his second wife, a certain Margaret Halcrow who originated frae Orkney.

As a token o his great love for her an tae mark their union in holy matrimony, hae presented tae her on the altar the maist magnificent five-diamond cluster wedding ring. It had set him back a fair bit, but it had been worth it in her knowing o his great love for her. Indeed it was tae become her maist prized possession.

However, only a few short months intae the marriage, the young wife o the manse suddenly died.

Only now, having had such a wealth o love snatched away frae him, could Henry Erskine contemplate the full extent o what had been taken frae him. A number o pressing debts came tae light, which in the glow o love may not have shown themselves for several months when a means tae pay them would have been mair apparent. It had been an expensive time for Henry, what with the wedding an his inability tae stick tae his normally frugal ways as hae flamboyantly expressed his love for his dear Margaret. That, along with the inevitable funeral expenses, signified a future o destitution. During this time the comfort o sleep was never able tae seek him oot.

It may have occurred tae him at this derk, derk time that hae had the means o his rectification within his ain grasp, should hae be o a mind. His dearly beloved Margaret's ring would go a long way tae the settling o aw the ootstanding accounts. Instead, though, when hae remembered the ring, hae found that hae couldnae number the diamond ring amongst his worldly goods. As a symbol o his love the ring had been freely given, an could not so easily be claimed back for the guid o himself. So instead hae wrote oot an instruction tae the undertaker John Carr that Margaret should be buried with her ring. Hae then placed the ring an the note in an envelope for delivery in the morning. Perhaps now Henry would be granted some small portion o sleep.

The next morning, on the day o the funeral, as the undertaker replaced the ring on the wedding finger o the minister's wife, hae couldnae help thinking that a ring o that size, encrusted as it was with five impressive diamonds would have been worth a fair amount. In coming tae this conclusion, John Carr set his mind tae how hae might acquire this ring for himself, withoot anyone being any the wiser.

After the sorrowful service had been concluded, John Carr said tae the Reverend Erskine that in his considered opinion it was too late in the day tae fill in the grave an besides it was too wet. In something o a dream, Henry took the advice an trusted in the undertaker.

John Carr, o course, returned tae the graveyard that night. However, hae found tae his consternation that hae was unable tae slip the ring frae Margaret's finger, because her finger had swollen somewhat. So in desperation hae began cutting at her finger with his penknife. Tae his horror Margaret sat upright an screamed like a banshee.

Meanwhile, back at the manse, the minister, inconsolable with grief, sat glowering oot the window, hardly able tae take in any shape or reflection beyond his ain derk thoughts. But then hae thought hae saw what hae maist wanted tae see. Hae could hardly believe his eyes, but then again perhaps it was a grisly ghost come tae unnerve him even further frae where hae already was. His eyes were telling him that hae was seeing Margaret, dressed in her shroud, approaching the front door o the manse. At the same time she was waving up tae him, 'Let me in, let me in, I'm fair clemmed wi the cauld.'

She had been in some sort o coma an they reckoned that the flow o blood had somehow revived her. Frae that night on she lived a long and happy life, giving the flummoxed but delighted minister twae braw sons. As for the debts, after confessing his worries tae Margaret, they found that they were resouceful enough tae deal with them. After aw, it is said that John Carr took not a penny for the funeral.

Henry Erskine died in 1696, while Margaret passed away in 1716 an was buried at Scotland Well, Stirlingshire.

The Angel Doctor

Away back in the 1930s there was a Traveller couple cawed Jocky an Martha Stewart. They'd gone away doon the Sooth o England tae pick apples at harvest time, as they'd often done ower the years. This time was different, however, as Martha was pregnant with their first bairn. By now it was November time an they were determined that the bairn would be born in Scotland. So even though the weather was miserable an cauld they got a hold o a horse an a float tae take them hame tae Scotland. They didnae have money for a car or even a train ticket.

As they travelled north the weather got worse an worse, until by the time they got intae Cumberland in the North o England the snow was driving intae their faces. Martha was now nine-months pregnant an the labour pains had started. Though she didnae say much she was gey feart, because being her first bairn she didnae really ken what was happening tae her, or what she should be doing for the best. By now the snow lay thick on the ground, an flakes were still coming doon thick an fast. As the snow was coming frae the north it kept flying intae their faces, making it very hard at times for them tae see where they were going. None the less they didnae go too far wrong.

When they finally crossed the border, Martha couldnae have said, but her man assured her that they definitely had, an they only needed tae find a warm place tae rest an shelter. It was a remote area, made aw the mair desolate the way the snow covered much o the fields an hills an fogged ower the woodland up aheid with the rate that it was coming doon at.

Finally, squinting through the flakes, they made oot a faint light through the trees. Jocky geed the horse along the single track towards the light as if their lives depended on it. On arriving at the gate, hae unhitched the horse frae the float, led it intae the barn tae see tae its feed, before quickly returning tae go an knock at the door.

As there was nae reply hae opened the door an discovered that there was naebodie in, an yet there were tilley lamps blazing, a big fire roaring in the fireplace, an a big pan o soup simmering on the cooker. Hae rushed back oot an lifted his wife intae the cottage an put her tae bed. Despite Martha's discomfort she couldnae help noticing that the bed was still warm, which was peculiar as there was naebodie in the cottage. However, the couple had greater concerns. Just then her waters broke. It became obvious that the bairn was due very soon, an so it was agreed that Jocky would away an fetch someone tae help wi the birth.

After Jocky was away, very strong labour pains came on her, an Martha felt gey terrified aboot being on her ain in a strange cottage. It was aboot half an hour later when Martha heard the sneck lift on the front door, an in walked this tall lean fella with a long white coat an a leather bag, 'Is that you, doctor?' Martha gasped.

'Aye, it is.'

'Aw, thank God that ye've come.'

Right away hae put some water on tae boil so that hae could make everything spotlessly clean an hae duly tended tae her with great care an tenderness. After hae delivered the bairn hae said tae Martha, 'Now this is a very special time when I cut the cord atween ye an yer bairn.'

After hae was finished an had gently handed the bairn ower tae Martha, she said, 'Oh, ye're an angel doctor so ye are.' Hae smiled, fair pleased that she had cawed him an angel doctor.

When hae'd seen tae it that she was comfortable an at peace, with her bairn in her arms, the doctor took his leave o the new mother an her bairn.

A wee while after, Martha's man came back with a whole dose o folk behind him. 'It's aw right Jock, I'm fine, I had the angel doctor tend tae me. Hae was that caring an canny wi me I've decided tae caw ma laddie John after him.'

'That was nae doctor, hae only thinks hae's a doctor. Hae's starn-horn mad. Hae's just escaped frae the asylum at Carstairs.'

'But, hae's an angel doctor …' Martha would have none o it, but on searching the hoose, yin o the men discovered that the auld woman, who's hoose it was, was lying under the bed with her thrapple cut.

However, the young mother had seen the man as an angel doctor, an in doing so had somehow brought the guid side oot o a man who was better kent as a brutal murderer.

Yince the weather settled doon a bit, Jocky an Martha Stewart an the bairn travelled onwards tae Auld Reekie (Edinburgh). They settled there for a while an registered their newborn as John Angel Stewart. Thereafter the laddie was always kent as Johnnie Angel.

THE JETHART FIDDLER

In the year 1928, at the time o Whitsun, Tom Hughes went tae Kelso tae the hiring fair, where they took on farm workers. It was a derk, dreich day. Hae was walking along Bridge Street

when hae came across a Traveller fella walking slowly in front o him playing a tune on his fiddle. Tom was immediately captivated by the melody frae the tall fiddler, an decided tae follow along behind until hae had learnt the tune. Weel hae picked the melody up quick enough, hae had it in his heid before the fiddler had got as far as the bridge, an so hae aboot turned an heided back towards the market place.

Now Tom always regretted not stopping the beggar fiddler an giving him a wee bit o siller, particularly when hae read in the *Jethart Gazzette* the following week that the fiddler's body had been found doon at Berwick. Hae'd thrown himself ower Kelso Bridge that very day, an his body had been swept away doon the Tweed, aw the way tae Berwick. They kent it was him because, in a deep inside pocket in his long owercoat, they found a fiddle. His name was John Harvey an hae didnae have three ha'pennies tae his name. Tom Hughes decided tae caw the tune that hae'd pick up frae the traveller fiddler, 'Kelso Hiring Fair'.

Tom Hughes' grandson, Jimmy Nagle, became a grand fiddler himself, an went on tae form a band in his young days. The band was cawed Fiddler's Leap, after this incident.

The Minister's Dog

There's a wee village cawed Minto somewhere atween Jethart an Hawick. Now yince there was a minister that lived in the manse an hae employed a gardener who acted as a sort o handyman. This gardener fella was always on the make, anything for a pickle o extra siller for his pocket.

Weel yin morning when they were at their breakfast, hae was telling the minister that there was a fella in Hawick that could teach dogs how tae talk. Now the minister didnae pay an awfie lot o attention, but as the forenoon wore on hae found that hae couldnae get the ootlandish notion oot o his heid. So when they were sitting doon thegither for their dinner the minister brought up the subject. 'An dae ye think that fella ye're talkin aboot could teach ma dog?'

'Weel, they say hae's never had a failure yit.'

'When will ye be in Hawick nixt?'

'I was thinkin aboot gaun in later this afternoon.'

'An would ye take the dog tae see this fella ye're on aboot?'

'Aye, aye, nae bother.'

'How much does hae take?'

'A fiver, just a fiver.'

'An ye'll bring the dog back the night?'

'Aye, that I will.'

So the minister gave the gardener five pounds tae take his dog intae Hawick that afternoon. The minister was on tenterhooks as hae waited for the gardener tae come hame. But when the gardener came back that night the minister was fair vexed tae see that there was nae dog with him. O course the gardener had drunk the money.

'I had tae leave him wi the man cos there was such a muckle queue, but I'll get him the next time I'm in.'

A couple o days later, the gardener was due tae go back intae Hawick, so the minister told him tae make sure hae brought the dog back with him.

'Aw aye, dinnae fash yersel, I'll bring him back the night wi me.'

But that night the gardener again came back empty handed.

'Weel minister, the man hadnae finished wi him.'

'There's nothing the matter wi him is there?'

'Naw, naw, nothing like that. It's just it's a bigger job than hae reckoned it wud be. You bein the educated man that ye are, the dog needs a whole lot mair words than maist folk would use, so that the twae o ye can speak together as equals.'

'Fair enough, but hae can teach him?'

'Aw aye, but like I say, it'll be aw thae muckle fantoosh words hae'll be learning that's takin the time.'

'Aye, aye, I see what ye mean.'

'An the man will be needin another fiver, what wi the extra work involved.'

'Aye sure, but ye will bring the dog back when ye're next in Hawick?'

'Sure I will.'

Weel, a couple o days after, on the Saturday, the gardener set off again for Hawick. That night the minister was gey vexed tae see the gardener coming hame again withoot the dog.

'What happent? Did hae teach the dog how tae talk?'

'Aw aye hae learnt him how tae talk awright, an I was bringing him away wi me, an we were having the grandest blether, talkin aboot everything ye can imagine, what a grand wee speaker. So we were just walkin along when hae started gaun on aboot how ye're carrying on wi the servant lassie. Weel, I never let on, but a wee while efter, when we were comin doon on tae Horn's Hole Bridge, I took a right grip o the lead, an quick as anythin chucked him ower the side an held the lead there, till it stopped shooglin. Then I just let the lead drop intae the water. Did I dae the right thing minister?'

'Aw aye, ye did that, an here, there's an extra five pound tae yerself, for yer trouble.'

Now, ye might think that that's just a load o taradiddle, but Jim Tait, ma auld technical drawing teacher, the fella that told me this story, assured me that there is a dog carved on the side o Horn's Hole Bridge, which is just past Denholm on the road tae Hawick, immediately after the caravan park.

Glossary

AIN . . . . own

AINSEL, OR AIN SEL . . . own self

AULD . . . . old

AW . . . . all

AWFIE . . . . awful

BAHOOKIE . . . . backside

BELTANE . . . . Gaelic May Day festival

BIELD . . . . shelter

BIRL . . . . turn, spin

BOGLIE . . . . ghostly

BOWFIN . . . . stinking

BRAE . . . . hill

BRAW . . . . comely, pleasant, excellent

BROON . . . . brown

BURN . . . . a small stream

CANNY . . . . gentle

CAULD . . . . cold

CAW . . . . call

CHANCIE . . . . dangerous

CHITTER . . . . shiver

CLAES . . . . clothes

CLAG . . . . clog, as in block

CLASHED . . . . thrown out or down in a dismissive way

CLEEK . . . . attach, hook, capture

CLEUCH. . . . . a narrow gorge or ravine

CLOOT. . . . . cloth

COO . . . . cow

COVEN . . . . gathering of witches

DANDER . . . . wander

DEEK. . . . . look

DEID . . . . dead

DERK. . . . . dark

DONNERT . . . . stupid

DOONPOOR . . . . downpour

DOOT . . . . doubt, regret

DREICH . . . . dingy, drab

DROOKIT. . . . . soaked, saturated

DROON . . . . drown

DROOTH . . . . thirst

DUMFOONDERED. . . . dumfounded, astonished

DUNT. . . . . thump

DWINE . . . . decline in health, drain away

FAMILIAR . . . . a demon, often animal-shaped,
                             believed to serve witches or magicians

FANKLED . . . . perturbed, panicked

FANTOOSH . . . . fancy, often over-elaborate

FASH . . . . trouble, worry

FAW . . . . fall

FEART . . . . frightened

FETTLE . . . . mood

FOONDER . . . . founder

FRAE . . . . from

GABERLUNZIE . . . . beggar minstrel man

GALLUS . . . . brazen

GEY . . . . very

GIE. . . . . give

GLIFF . . . . fright

GLOAMING . . . . twilight, early night

GLOWERED . . . . glared

GREET . . . . cry

GUID . . . . good

HAME. . . . . home

HANKED . . . . hooked or caught, usually accidentally

HA'PENNY . . . . half-penny

HEELSTERGOWDIE . . . head over heels

HEID . . . . head

HEUCH . . . . here, as in 'have this'

HINDEREND . . . . finish

HIRPLED . . . . limped

HOLLAND SHIRT . . . . . made from linen or cotton from
                        Holland, noted for its quality

HOOSE . . . . house

HOWF. . . . . pub

HOWK . . . . dig

HOWTS. . . . . an exclamation like 'jings'

HUNDER . . . . hundred

JETHART . . . . name for Jedburgh before
                        being made a royal burgh

KEEK . . . . glance

KEN . . . . know

KENT . . . . knew, known

KIRK. . . . . church

KIRN. . . . . harvest festival in lowland Scotland

KIRTLE. . . . . a long gown with a pleated skirt

KIST . . . . a chest, often used for
                        storing clothes or linen

LEAF-LANE . . . . as in 'alone'

LEATHERING . . . . a thumping, often with a belt

LOWP . . . . leap

LUG . . . . ear

LUM . . . . chimney

MAIR . . . . more

MAIST . . . . most

MASEL. . . . . myself

MANKY . . . . stinking

MEX-TAE-MEY . . . . . . an exclamation like 'jings'

MUCKLE . . . . big

OORSELS . . . . ourselves

OOTLANDISH. . . . . outlandish

OWER. . . . . over

PECHIN. . . . . puffing, out of breath

PEELIE-WALLIE . . . . . . pale complexion

PICKLE. . . . . a number of items

PLAID. . . . . length of tartan worn
around the shoulders

REEKIE . . . . smoky

REIVING . . . . going over the border to
raid and steal livestock

REIVER. . . . . one who reives over the opposing border

ROOND . . . . round

ROOSED . . . . roused, angry

SCLIM. . . . . climb

SCRIEVE. . . . . scrape

SCUDDED . . . . slapped, move quickly

SCUNNER. . . . . disgust

SERK . . . . shirt

SERRED. . . . . served

SILLER . . . . silver, or money in general

SHAIR. . . . . sure

SHOOGLE . . . . shake/shook

SKELP . . . . smack

SLAIRGIT . . . . covered in messy substance

SLAIVERS . . . . slobber, saliva, dribble

SLEEKIT. . . . . devious

SMIDDY . . . . blacksmith's workshop

SNECK . . . . lock or catch for door, window, chest etc.

SNELL . . . . bitterly cold

SNOOTIE . . . . snobbish

SNOOZLED . . . . snoozed

SPAE-WIFE. . . . . woman with the gift of prophesy

SPRIGGOT . . . . water tap

STANE . . . . stone
STEEKED. . . . . shut as in door, gate or window
STOOR. . . . . dust
STOTTING . . . . bouncing
STRAMASH . . . . disturbance, argument, fight
SWITHER . . . . state of indecision
TAPSALTEERIE . . . . upside-down, topsy-turvy
TARADIDDLE . . . . nonsense
THRAWN . . . . stubborn
THREID . . . . thread
THON . . . . that, yon
TOON. . . . . town
TRAUCHLED . . . . troubled
THRAPPLE . . . . throat
TOORLED . . . . delighted
TOOSLIE . . . . windswept or untidy hair usually
TOTTIE. . . . . small
TWAE . . . . two
UNKENT. . . . . unknown
WEEL . . . . well
WHEECH . . . . for something or someone to move
                           at great speed, often through air
WHEESHT . . . . quiet, as in 'keep quiet'
WHIGMALEERIE . . . . . . ornament, a nick-nack
WHIN. . . . . gorse bush
YERSEL . . . . yourself
YIN . . . . one
YINCE . . . . once
YOWE. . . . . ewe, female sheep or you

BIBLIOGRAPHY

Brander, Michael, *Tales of the Borders* (Mainstream Publishing, 1991)

Finlay, Winifred, *Tales from the Borders* (Kaye & Ward, 1979)

Ker Wilson, Barbara, *Fairy Tales from Scotland* (Oxford, 1954)

MacLaren, Calum, *Strange Tales of the Borders* (Lang Syne Publishers Ltd, 1975)

Montgomerie, Normah and William, *The Folk Tales of Scotland* (Birlinn, 1975)

Platt, William and Susan, *Folktales of the Scottish Borders* (Senate, 1919)

Robertson, Stanley, *Reek Roon a Campfire* (Birlinn, 2009)

Westwood, Jennifer and Kingshill, Sophia, *The Lore of Scotland* (Random House Books, 2009)

Wood, Wendy, *Legends of the Borders* (Impulse Books, 1973)

Society *for* **Storytelling**

Since 1993, the Society for Storytelling has championed the art of oral storytelling and the benefits it can provide – such as improving memory more than rote learning, promoting healing by stimulating the release of neuropeptides, or simply great entertainment! Storytellers, enthusiasts and academics support and are supported by this registered charity to ensure the art is nurtured and developed throughout the UK.

Many activities of the Society are available to all, such as locating storytellers on the Society website, taking part in our annual National Storytelling Week at the start of every February, purchasing our quarterly magazine *Storylines*, or attending our Annual Gathering – a chance to revel in engaging performances, inspiring workshops, and the company of like-minded people.

You can also become a member of the Society to support the work we do. In return, you receive free access to *Storylines*, discounted tickets to the Annual Gathering and other storytelling events, the opportunity to join our mentorship scheme for new storytellers, and more. Among our great deals for members is a 30% discount off titles in the *Folk Tales* series from The History Press website.

For more information, including how to join, please visit

www.sfs.org.uk